Amor por demais

Eduardo Borsato

Amor por demais

1ª Edição
POD

KBR
Petrópolis
2015

Coordenação editorial **Noga Sklar**
Editoração **KBR**
Capa **KBR**
Imagem da capa **baseada em R. B. Kitaj, "O carvalho", óleo sobre tela, 1991.**

ISBN: 978-85-8180-389-0

KBR Editora Digital Ltda.
www.kbrdigital.com.br
www.facebook.com/kbrdigital
atendimento@kbrdigital.com.br
55|21|3942.4440

FIC029000 - Contos e crônicas

Eduardo Borsato é teatrólogo, contista e novelista. Foi ghost-writer, redator da Rede Globo e adaptador de novelas de televisão para bolso e livro. Por dez anos, editou *house-organs* e jornais de bairro. Autor, entre outros, dos best sellers *Agnus Dei* e *Dedalus, Amor por demais* é seu oitavo livro publicado pela KBR.

Website: http://www.eduardo.borsato.nom.br/
E-mail: borsatoeduardo@gmail.com

Para Ricardo e Marcio, meus filhos.

Sumário

AMOR POR DEMAIS

Volverán las oscuras golondrinas
En tu balcón sus nidos a colgar
Y otra vez con el ala a sus cristales,
Jugando llamarán.
Pero aquellas que el vuelo refrenaban
Tu hermosura y mi dicha a contemplar,
Aquellas que aprendieron nuestros nombres,
¡Esas... no volverán!

Gustavo Adolfo Bécquer

Há quase uma eternidade moro nesse apartamento. E há quase uma eternidade eu a amo. Desde o instante em que a vi.

Devo confessar, porém, que no início não foi bem assim. Olhando-a da varandinha, pela primeira vez, senti não mais que respeito. Profundo. Mas respeito. Somente.

Quer dizer, talvez já fosse, sim, uma espécie qualquer de amor, sempre tive imensa dificuldade em identificá-lo. Só que ainda algo tateante, cheio de meandros, reentrâncias. Muito diferente de agora, quando faço questão de trombeteá-lo. Aos quatro ventos, por céu, mar e terras.

Tenho-lhe também funda inveja. E porque a invejo, desejo-a. Ah, sua beleza nos dias de chuva, as folhas molhadas a refletir a pálida luz dos trovões, em intermitências, espocamentos verdes e pálidos amarelados quando nos frutos, nas folhas, as prestes a cair.

Os parasitos entrançam-se, camada de pelos, pubianos, o tronco, úbere escurinho úmido no qual desejo penetrar, manter-me, abrigado protegido no tempo imóvel quentinho quentinho dos não nascidos, assim validos para todo o sempre.

Dessa forma será o meu amor. E perene. Terá mesmo a perenidade de um rio, cujas águas sempre se renovam, sem nunca deixarem de ser as mesmas.

E belo, pois que você me concederá a graça de desvendar a beleza. E por ser assim, outras e variadas belezas desvendarei:

— a das iaras, à beira do lago, quando

se põem a enxugar os longos cabelos aos últimos raios do entardecer;

— a do jinriquixá dourado, na manhã outonal a cruzar a alameda diante do labirinto, conduzindo o herdeiro imperial;

— a do touro cobridor, que na alva se deixa perder pelos campos, e no crepúsculo se transforma em belo mocetão, herói de batalhas românticas e fatais.

Tudo isso você me concederá, sem que eu possa fazer o mesmo. Nada tenho para ofertar. Sei, os amantes se comprazem com esse tipo de retribuição, mas não passo de sujeito comum, nada que possa me distinguir. Outorgar. Ou repartir.

A não ser o desprezo, quase ódio, que me afasta dos vizinhos, que no trabalho disfarço com risinhos somente esboçados, hipocrisias para com meus colegas, o público. Levo a extremos esse engambelar. Assim, se não me elogiam, menos me criticam. Atingi o almejado estado de existir e não existir, num átimo ser sólido, no seguinte liquefazer-me.

Ah! Terna invisibilidade. Com ela construí uma catedral. Invisível. Povoei-a: santos, demônios, duendes, pecado, redenção. E um hinário, louvação aos deuses. Povoo assim minhas horas: doces, cobiçadas melodias. Das verdades transcendentais, não conheço nenhuma. Sequer as procuro. Procurei. Terão algum dia existido? Além do mais, gozo de saúde invejável, estou isento de frioleiras, achaques. Digo, dos próprios à minha idade. Enfim, contento-me em viver. Somente. Assim se resume minha existência.

Então, pergunto–me: o que fazer de uma catedral invisível? E de uma intangível liturgia? Não serão dádivas imprestáveis para os amantes?

Sinto-me inteiramente impotente. Acima de tudo agora, quando... Dentro de breves dias homens ao seu pé se porão. Vestirão berrantes macacões amarelos. Portarão machados e foices. Com golpes rudes a descarnarão. E depois... ou golpes suaves... ou ainda... Oh, Deus! Que sei eu? Que sei?

Haverá sempre quem afirme ter sido sacrifício em nome do progresso. Afinal, imenso o espaço ocupado. Mas em seu lugar, erguerão o quê? Pomposo prédio de pomposa repartição pública? Edifício de apartamentos para os desvalidos e suas equivocadas alegrias? Loja de departamentos, majestoso templo para a cevação do bolso, estômago de infindas fatuidades? Ou templo mais majestoso ainda para a dissecação e comércio do corpo de Nosso Senhor Jesus Cristo, nosso Salvador?

Acaso terão caminhos para as formiguinhas conduzirem às costas folhinhas enfileiradas que viram veredas viajantes? E o chilrear? Dos passarinhos. Nos ninhos. Na época do acasala-

mento, risonho sexo, zoeira a encher as manhã-
zinhas, alvoroço, de penas, negaças, as falsas e as
verdadeiras. Terão o fito das folhas, que se acon-
chegam para inventar as sombras e o barulhinho
do vento? E o frou-frou das asas de um beija-
-flor? Será que isso não bastaria? Aos homens?

A mim, bastava por demais. Bastava que
a deixassem.

Você envelheceria. Com o tempo, seu
tronco se encarquilharia, suas folhas rareariam.
Sob sua sombra abrigar-se-iam apenas encar-
quilhados encantadores de múmias. E em seus
galhos pousariam apenas cegonhas vesgas, em
descanso para o longo voo rumo às geleiras do
norte.

Que importância teria isso?

Bastava que a deixassem.

Bastava que a deixassem viver.

A mim, bastava seu amor. Por demais.

Achaques

Osteopenia: oste(o)+penia.

Osteo: *ó,* bravio potrinho, lembra a carne do Cristo (quem garante Cristo não ter sido também potrinho bravo?), logo abrandado, amaciado pelo ê, grave, graciosa, cativante atenuação.

Em seguida, o desastre: penia, o *ia* agudo, grito obsceno, dores, desespero, nenhum espaço para abrandamentos, consolações (Jesus a se afogar na água rasinha).

Mais: o médico, minuciosíssimo, a expor a situação de minhas L-1, L-2, L-5, comparadas com as S-5, S-7, e as L-2, L-4, L-3, tudo combinado com os DMOs e os DPs. Note-se: sem ter citado ainda os cones medulares e os...

O cadinho era pesado e medido por ele, através do ponderabilíssimo exame das radiografias, e da sapientíssima leitura do diagnóstico. A coisa toda transmitida a mim da forma a mais clara e direta possível. Ou seja, minhas mazelas despidas com olhos de faminto abutre e expostas com voz de hiena domesticada. Despudoradamente.

Em plena terça-feira de um dia lindo, lá fora primavera, os pássaros nas árvores cantando, o mar azul, tanto, mas tanto, chegava a doer (deviam ser assim azuis os olhos de todas as amadas; verdes os de todos os amantes).

Aqui dentro, eu, tímido, ostra engasgada:

— Doutor... e... e a dor? É... perna... esquerda. Não, não... mal consigo andar. Lancinante.

Ele:

— Lan-ci-nan-te?!

Eu:

— Tanta que...

Ele, lento:

–Seu futuro.

Eu:

— Qual?

...os olhos dele brilhando, deles a saltar diabinhos, álacres, a me cercar, à minha volta a cirandar:

Capengarás, capengarás.
Jesus Cristo não capengou?
Tu capengarás.
São Francisco certo dia capengou.

Tu também. Capengarás. Capengarás.
Santo Inácio jamais capengou.
Pois tu capengarás.
José, Maria, João não quiseram capengar.
Mas tu, para todo o sempre,
Capengarás. Capengarás.

Eu, quase num grito:
— Repete!
Ele, surpreso, erguendo os olhos da receita que escrevia:
— O quê?
— Sabe muito bem.
— Sei?
Seus olhos eram claros, serenos, nem parecia que deles ainda há pouquinho tinham... o ar calmo, também sereno, dele todo vinha genuína surpresa, como se... Abelardo de Souza Barducci, seu nome. Escrito na plaquinha sobre a mesa e no... o Barducci me soava como se... e, de repente... ora, ora, se não era o filho da Amelinha!! Amelinha Bundinha, a garota mais cobiçada do Belisário, tínhamos vivido árdego caso de amor, e olha que ela já de casamento marcado com o Teixeira, no banco traseiro do Chevrolet rabo de peixe amarelo de propriedade do pai dela, nós dois peladões, ela a dar gritinhos, gemidinhos, com voz de criancinha a pedir "ai, não faz, isso não, tudo menos isso", e as mãos me puxando para dentro de si, a chuva, mil trovões a espocar em minha cabeça e...

— Sabe que você pode ser meu filho?
— tornei, a voz firme, ele a me ouvir como se
não me ouvisse, entretido escrevinhando receita
qualquer, mezinhas, clister, inodoro, incolor, a
exasperação, febre terçã, a crescer, a me romper,
dilacerar fibras, nervos, nervosidades, ossos e foi
aí que Napoleão perdeu a guerra, mudou-se para
a Transilvânia depois de brigar com a Inglaterra,
lá descobriu que em Marte não havia a cor azul
turquesa e por isso só comia estrelas roxas ao
jantar e na sobremesa... e... e...

Na rua, dia esplendoroso, o sol, a aragem.
E azuis os olhos das mulheres, todas (não tinha me
preocupado em verificar se verdes os dos homens).
Ao encontro de minha amada caminhava, pressu-
roso em comunicar-lhe que daquele momento em
diante, por expressa vontade minha, seus olhos cas-
tanhos seriam para sempre cor do céu.

O ocorrido, os exames, a carantonha do
médico, os diabinhos não me causavam qualquer mossa. Era como se jamais tivessem existido, empenhado que estava eu na tarefa de alterar
a cor dos olhos, agora de todas as mulheres.

Sim, porque não havia justiça em limitá-
-la apenas a uma favorecida. E para obra de ta-
manha delicadeza, apressar-me-ia em convocar
os anjos, que só eles a cumpririam com a perfeição requerida. E também porque apenas eles,
com angélica graça, saberiam calcular o grau de
ternura necessária para convencer qualquer re-
calcitrante. E lançariam mão de graça semelhan-

te para conviver com quaisquer radicalismos, de esquerda ou de direita.

Sigo, os passos lépidos, quase saltitantes, a Coronel Agostinho. Tenho pressa. Quero saudar os deuses do lar. Com certeza, ouvirei deles, entre sorrisos de infinita benevolência, que de há muito já conheciam aquelas novidades. Mas que, ainda assim, mansamente compartilhariam minha alegria.

Sobre minha cabeça, os pardais, em alvoroço, começam a se acomodar nos galhos das aleluias, a noite se avizinhando. Dizem que antigamente ipês coloriam as ruas do centro. Invejo os passarinhos, os de hoje, mas, acima de tudo, os desse outro tempo.

Pensando neles, ergo os olhos, desequilibro-me, tento me aprumar, sinto dor tão forte, perna esquerda, quase grito, pessoas me ampararam, vergonha chamar atenção, tanta, vergonha ter iludido os passarinhos, vergonha ter convocado os anjos, os numes caseiros, ah, a verdade, a verdade escancarada bocarra, a me engolir, ah, pobre velhote, o que sou, velhote a tresvariar, velhote a desatinar desamparo, desamparo afasto as mãos os que se acercam sorrir tento aprumar--me respiro fundo aprumo aprumar-me consigo começo a me afastar o zumbido dos diabinhos do consultório a me aferroar aguilhoar a formar uma nuvem dores, angústias nuvem de trevas que me engolem nas quais com um esgar sorriso quase ainda que capengando deixo-me perder.

O CONDUTOR DO MUNDO

Da janela do meu quarto, no terceiro andar, olho para a Estrada do Monteiro. Levo um susto. Um homem, lá embaixo, conduz o mundo às costas.

Atlas campo-grandense, curva-se sob o peso de enorme esfera. Formada por centenas de outras, amoldadas por força invisível. Por invisível força inteiriçadas numa única, sem deixar de se multiplicar, caleidoscópio a se derramar pela manhã ensolarada, não prosaicas bolas de encher, oblongas, ridículos prolatos sempre prestes a voar estonteados, desembestando-se pelos ares.

Não. Mil vezes não.

Esféricas são elas. Orgulhosas. Orgulhosamente orbiculares. E porque lindas e certas disso, esbanjam cores. Escandalosamente: ebúrneas, havanas, magentas, cianas, lilases, lavandas, negras.

Se se rompessem todas a um só tempo, dar-se-ia uma epifania. De dentro delas jorrariam flores. Venustas, variadas, catitas: jacintos roxos da Holanda, ou brancos do Líbano; frésias do Cabo, bulbosas, azuis e púrpuras; gardênias de Tonquim, de folhas coriáceas e flores amareladas; angélicas, as de bulbo alvíssimo e perfume inebriante, outonais flores dos deuses; tulipas da Turquia, de folhas lanceoladas e flores de seis pétalas, vermelhas as do amor eterno, brancas as do perdão; crisântemos da China, amarelos, os do amor; lírios roxos, do campo, os mais puros, de Maria; petúnias das planícies do Prata, de duplas flores violetas, as da astúcia; magnólias de múltiplas pétalas, brancas, da simpatia.

E todo o Monteiro seria orvalhado, a sufocar de cores. E o aroma adornaria a alva fronte das crianças. E embeveceria as mulheres.

As jovens donzelas ansiariam por ignoradas carícias.

As maduras, com suspiros entrecortados, sufocariam as indizíveis.

As idosas com os nós dos dedos tocariam de leve as contas das recordações.

No céu, os falcões caçadores, de crânio glabro e olhos vorazes, contemplariam, plácidos, o passar bulhento de jovens maritacas em revoada.

E os homens todos se poriam a...

Quando olho novamente, não mais o vejo. Terá entrado na Padre Belisário, desaparecido? Nos outros passantes não há qualquer sinal de terem dado com um maravilhamento. Há neles o fastio das coisas corriqueiras, a banalidade do hábito, almas diminutas. Mas o êxtase em mim persiste. Com tal força que me afasto da janela, entontecido. Dou alguns passos, perco-me nos miúdos cômodos do apartamento. Recolho para dentro de mim as lembranças, guardo-as, sonho benfazejo, memórias primordiais de dedicado aprendiz. De sonhador.

Dias depois, fico sabendo ter sido meu apartamento ocupado por velho mago nagô. Por cinco anos nele viveu e era refinado sonhador. Em foto antiga, um preto alto, carapinha branca, sorriso fugidio num rosto envelhecido surpreendentemente carente de rugas, nos olhos a zombeteira expressão dos desvendadores de almas, em rosto que não o dele vulgar bazófia a causar desprezo em quem com ele cruzasse o olhar. Ao seu lado, uma mulher. Ao pé da foto, ilegível dedicatória, com data igualmente impossível de se ler.

Dos sonhos os outros moradores tinham notícias. Ele mesmo as dava, mas, cioso, escondia-lhes o conteúdo. De forma encantatória encantava-os, sem acalmar-lhes a curiosidade. Acabavam por inventar o que desejavam, atribuindo o inventado a quem nada inventara, sábio titeriteiro a manuseá-los com os cordéis de invisível, mas sólida irrealidade. Garantem-me ser a mulher sua irmã, moradora hoje na favela do Rola, em Santa Cruz. O que de pouco me interessaria, se não acrescentassem ter sido ele portador de estranhíssimo vezo: anotar com rigor o que sonhava. Pretendia encontrar a fórmula de repetir o sonhado. As anotações eram feitas num caderno escolar, tinham quase certeza de que estaria em posse da irmã. Disseram também que sonho idêntico ao meu o mago já mencionara. Deu-lhe até um nome (tinha também a mania de assim catalogá-los): "O Condutor do Mundo". Mas, à semelhança dos outros, deixou o conteúdo de modo vago, impreciso.

Alvorocei-me. Eu era nada menos que o roubador do sonho de um sonhador. Curioso: com isso não me melindrava. O vulgar e o rude da palavra não me afetavam. Não fosse sonho tão lindo! Mais: por lindo, queria repeti-lo. Como, porém, se repete um sonho?

Pus-me a tentar. Deitava-me esperançoso, levantava-me indormido, exausto. Recusava-me aos sonhos triviais. Queria aquele. Apenas aquele sonho. Lindo. Mas como se repete um...

Favela do Rola, lugar sórdido. Assim também a irmã do mago, que lá habitava um barraco à beira de facinorosa pracinha. Bruxa, a cupidez pingava-lhe pelancas abaixo. Valia-se do nome do irmão, fazia tratos com o além. A preços variados. Quanto cobraria de mim? Pouco que fosse, faltar-me-ia, eu sempre necessitado. Mais aconselhável nem ter ido lá. Que buscava eu, afinal? Sequer sabia se o tal caderno existia.

Quanto mais se estava em poder da... e, estando, o interesse em buscá-lo faria saltar os olhos da bruxa que...

Saltaram-lhe, sim, os olhos. Não pela paga, mas pela milonga encomprida que me saiu, aos borbotões, incontrolável, eu diabolicamente a afirmar-me coordenador de estudos afro-brasileiros na FEUC interessado em seu conhecimento mágico sobre... importava-se ela em coordenar palestras teria algum documento atestador de seus...

"Amores antigos"; "Sambas ao luar"; "Tragédia anunciada" — os nomes de alguns dos sonhos. Catalogados no caderninho miúdo, gosmento, mofado no alto das últimas páginas, letra surpreendentemente firme, maiúsculas desenhadas, arabescos, cuidados de ourives. Meu sonho lá estava, todos os detalhes, nítido, nítido como se... Dedos ávidos, corri as derradeiras páginas, onde o segredo, tinha o mago encontrado alguma... as palavras finais eram incompreensíveis, rabiscadas talvez em nagô, algo para mim impenetrável. A maioria das páginas ilegível, nada havia nele que...

Ah, vontade de destruí-lo, raiva, ira, aquele velho mago negão de jeito acanalhado não tinha o direito de... Mas minha frustração não tinha sido também a dele? Irmãos no sonho fôramos; irmãos na dor éramos. Os deuses se vingavam. Atlas, titã amaldiçoado, dividia conosco ominoso destino. Também tínhamos tentado roubar um segredo dos deuses. Também éramos punidos. Também eu carregava um mundo às costas. Um mundo e seu imenso peso. Nada havia de bonito nele. Só a angústia da ignorância, o desespero dos que não conseguem reagir. Almas mortas. Guardei o caderno no fundo de uma gaveta de velho e impensável armário. Nunca mais o li.

Também nunca mais sonhei.

Paulão

Cara de velha. Velha que perdeu a perereca. Nariz compridão, lobo de fábula, avermelhadas as abas das narinas, fumacinha gostosinha do cigarrinho pousado dia e noite beiçola. Sob ele, mirrado bigode, outrora escovão, ora escovinha, fios esquálidos, ralos, esbranquiçados. Também esbranquiçados cabelos, igualmente ralos nas têmporas, puxados para trás, inopinado rabo de cavalo.

Assim era Paulão. Paulão assim era. Mais o corpo espigado, magríssimo, Quixote sem Dulcineia, sem Sancho Pança. Filho da noite.

— E por que não?

Filho do dia.

— E também das madrugadas e da cama vazia.

Jamais falava em mulher, apareceu em

Campo Grande caído do céu, só com o tempo soube-se que tinha largado a esposa, duas filhas, uma delas morando no sul, Paraná ou coisa assim, mãe de família, bem casada. De vez em quando, aos mistérios, ligava para ela de minha casa, palavras baixinhas, mais mistérios, conversa rapidíssima, coisa de pai pra filha?

— Pode ser. Pode não ser. Intimidade minha. Que importa aos outros?

Assim, concha na ostra, turrão, as coisas dele vinham em conta-gotas. Ou por que se cria em grande conta? Fácil enxergar o mundo com mestral soberba. Teria lastros?

— Tinha, sim senhor. Fotógrafo famoso, lá pelos anos 1950, 60, época áurea das boates de Copacabana. Grandão também nas revistas. *Manchete*, por exemplo.

Exibia fotos de astros. Enchia-me as medidas: famosíssimas gentes — Brigitte Bardot, no Sacha's, encanto marotíssima Lolita; Billy Ecksti-ne, vozeirão no Fred's; Ava Gardner, longuíssima saia rodada, sapatos pretos de meio salto à beira deserta piscina do Copacabana Palace.

— O Rio ficou pequeno para ele?

Sei que foi para os Estados Unidos. E aí de novo mistérios, obscuridades: início difícil, agências Nova York, reticências até ele se dizer já instalado apartamento pouso referência para brasileiros lá recém aportados, Tom Jobim um deles; outro: Milton Nascimento. Deste, bichona, conta que certa manhã, zanzando de cueca pelos cômodos, sentiu olhão olhudo olhando-o, peixe morto, mornando-o, pesado desejo. Enquadrou--o: "Sossega, negão. Não vem que não tem".

Indagação verrumava-me: por que contar-me coisas tais? Todas. Necessidade? Ou patranharia? Só que facílimo duvidar das fotos sem crédito, do apartamento, o mesmo para os hóspedes. Canto de sereia? Engambelar bocós suburbanos como eu? Com que fito, finalidade? Confidências, simples assim? Ou já desceria a ladeira?

Já. Volta para o Brasil jamais devidamente esclarecida (alguns afirmando ter ele sido expulso); curso de fotografia na cidade, depois em conservadora universidade de Campo Grande (condição para lá ingressar: cortar o rabicho; cortou, ainda assim logo despedido); dependência de bicos eventualíssimos; morada em horripilante avenida de quartos. A seguir, trambiques, vigarices mil.

Eu, vítima. Seguinte: na época, tinha humilíssima empresa produtora de *house organs*. Dirigia também jornaleco de Santa Cruz, atroante título *O Grito da Zona Oeste*, deslavado pastiche idiotíssima novela de Jorge Andrade, na Globo. Bestial falta de imaginação.

Eis os fatos: Paulão era aproveitado por mim, tanto nos jornaizinhos de empresa quanto no *Grito*. Mas, atenção: nada extraordinário, coisinhas, diminúculos, fotinhas para notinhas e quejandos, *no más*.

Foi quando aconteceu. Seguinte: minha segunda mulher, filha de turcos, em matéria de crendice ostentava ecletismo satanicamente angelical. Com invejabilíssima audácia, bovina impavidez, acendia uma vela a Deus, outra ao Diabo.

Assim, embora dada a quiromantes e adivinhadores em geral, passou a frequentar a igreja ortodoxa do Andaraí. Com relevantíssimo detalhe: lá, o padre mandachuva, coroa pesadão, balofo, careca, cara de camelo com diarreia, mornava-lhe bunda, coxas, olhares de fazer inveja ao profeta, o outro, o Maomé, quando tarou por Aisha, tremendo piteuzinho nos seus desabrochantes seis aninhos.

Pois através desse santo homem ficou sabendo da visita do Grande Patriarca. Na igreja celebraria missa solene. Sua Beatitude daria o ar de sua divina graça num domingo e deveria seguir ritual assim e assado e coisa e tal.

Deu-se nela então o estalo, que se resumia em registrar a visita e a missa em coloridas fotos, arranjá-las em lindo álbum e ofertá-lo ao padre babão. Tudo prosaicamente suburbano, como se vê.

— E daí? Se puro, simples, santo?

Nem tão puro, nem tão simples, nem tão santo, acrescento eu. Tenho para mim tratava-se safadíssima artimanha: solerte agradecimento acrescido de feroz acirramento à senil cobiça às suas ainda rechonchudas partes baixas.

Domingo, madrugadinha, lá fomos. Chevette caramelo meio troncho, carro minha mulher, ela dirigindo. Paulão banco detrás. Avenida Brasil deserta. Pista orvalhada, tristeza de hora. Eu entregue a tristezas outras. A maior: morar tão longe. Outra: que sentido raio de missa sete e meia da matina? Por que diabo Cristo acordar com os periquitos?

Atazanavam-me tais coisas. E Paulão? Atazanar-se-ia? Sim, porque algo havia. *Pero qué?* Ia ele jururu, sapo com saudade da lagoa. Quase não fumava, muxoxava respostas. Tremi. Previ despenhadeiros, armadilhas mil. Estremunhado ele não estava. Era madrugador, sabia eu. Logo...

Não demorou, descobri. Tremor nas mãos tinha. Beiço lívido rosto tinha. Simples: abstinência. Crise. Isso. Costumava, cedinho, mal saído da avenida infecta, acomodar-se num boteco chulé, lá debicava cachacinha com limão. Horas a fio, dias a fio.

Nem bem chegamos, arrastei-o para pé sujo na esquina logo depois da igreja. Batidinha limão dupla, dois maços de cigarro, santo remédio, ressuscitou. Ressuscitado, entramos na igreja. Cheia, procissão armada, Sua Beatitude a postos. Impressionante. Figura impressionante. Barba edulcorada, aroma óleos sacrossantos; mitra cor de terras levantinas; alva ornada delicados lavores cinza; dalmática também acinzentada; casula púrpura; cajado mão esquerda;

sapatilhas violeta, tudo encimado por capa longa igualmente púrpura, abas sustidas por jovem coroinha.

Alguém prenhe de afoiteza poderá chalacear dizendo Sua Beatitude assemelhar-se aos destaques das escolas de samba. As de antigamente. Pois com veemência repelirei tal chalaça. Afirmarei que às coisas santas nos rendemos e pronto.

Como aconteceu a Paulão, que rendido se pôs. A tal ponto que logo nele se operou uma epifania. Máquina fotográfica em riste, à semelhança de seu xará bíblico pôs-se à frente da pequena procissão, como a guiar o santo povo. Comandava-lhe o ritmo, impunha-lhe pausas, regulava o número das borrifadas de água benta aspergida pelo hissope de Sua Beatitude; da nuvem de incenso dos turíbulos, até no ritmo dos cantos celestiais. Paulão não era mais Paulão. Não aquele frágil, alquebrado velhote. Era agora nobre cavaleiro a difundir a fé na velha Bizâncio. Altaneiro vizir organizador de tropas, defensor das salvadoras muralhas. Enfim, o Paulão de nossos sonhos, fotógrafo vitorioso, hospedeiro de celebridades, conhecedor e amigo de variadas outras mais, mantenedor de sofisticado estúdio em São Francisco, fazedor e desfazedor de reis e reinados, rainhas e reisados.

Eufórico, na volta eu acalentava sonhos. Aquelas fotos seriam o ressurgimento dele, minha consagração, redescobridor do talento, do gênio, não mais cachacinha em biroscas, morada em infecta avenida, horizontes mil, era só tê-las em mãos, era só...

Uma semana se passou, quinze dias, apertei-o, desculpas várias, mais enérgico meu aperto ele enfim se abriu o dinheiro que lhe adiantara ele tinha bebido todinho não havia filme na máquina nerusca de fotos. Nenhumas. Nadinha. A tal epifania na igreja? Prestidigitação, último ato de supimpa vilania, vigarice com fedor de cocô de avestruz a alastrar-se numa manhã de ensolarado domingo.

Depois disso não mais o vi. Aliás, só de raro em raro. Vez por outra, notícias me chegavam. Soube-o doente, operado de catarata; depois, de perna fraturada, comendo de favor em pés sujos, a tal filha do Paraná e o marido um dia recolhendo-o.

Por vezes com ele sonho. Aparece-me lívido, morto. Acordo e acredito nisso. Vejo-o cremado, as cinzas levadas para o deserto de Atacama, lá aspergidas ao vento gélido da madrugada, a sumir nas lonjuras, rumando direto para os quintos dos infernos.

DEUS APERTA, MAS NÃO ENFORCA

Oito da noite. Entro na Viúva Dantas, dou com um montão de gente. Diante do bar. Do Moisés. Para onde vou, depois de quase dez anos. Em busca do álacre canto de pássaros pousados num passado pejado de penas. Sombras. Sombras três passos adiante rodeiam-me, de mim se acercam, se apossam, em sarabanda, leões fugidos de circos chinfrins, pombinha, em voo desembestado, fugitiva da cartola de mágico magérrimo, "ai, Jesus!" e Moisés esfrega as mãozinhas, o olhar desacoroçoado, a língua de fogo a comer a camada de banha grossa gosmenta empretecida de infinitos anos emporcalhada chapa fritadora de ovos salsichas empanados em geral, a se encompridar, ao lado da cozinha, a apertar a entradinha do banheiro o montão de bujões de gás tudo a ponto de...

O olhão da moreia dentuça

Estavam lá: o dito Moisés; Germano, o irmão, revezador de obrigações tarefas despesas lucro; Lambari, pau para toda obra, factótum garçom. Moisés é baixo baixinho gnomo de gabardine cabelos escorridos pretíssimos da graúna melro; espanhol campônio das lonjuras dos campos do interior, Aragão, província de Teruel, aqui desembarcado com o irmão há mais de trinta anos baldado esforço em busca de fortuna mil e uma noites sonhos desfeitos em Campo Grande mísero bar chulé, pé sujo cubículo um balcão, ao longo dele tamboretes, encostadas à parede quatro mesas, de dia cerveja tira-gosto preparados por Lambari de noite valhacouto de perdedores sonhos malversados jogadores, dores todas, cicatrizes à mostra às escâncaras lá pelas três, quatro da manhã.

Tantinho mais alto, Germano, careca alvacenta de dar medo, pele idem, alma também, bronco de doer, esticado da coluna, coluna empinadinha estilo carabinieri franquista, Moisés também, os dois. Franquistas. Moisés gorduchinho parrudo, Germano descarnado, anguloso rosto narigão.

Lambari vento leve, rosto pálido esverdeado de famélico neném, olhos arregalados, eterno susto com o mundo, eterno medo de ventos leves, pavor dos fortes, às quatro da manhã, silêncio no bar, Lambari termina de lavar o chão, o inominável banheiro, pronto para ir embora levita levado pela primeira leda alegre brisa esgueira-se pelo buraco da fechadura, a uma só voz o bar se ergue no "Voo do Lambari":

Voa, Lambari, voa.
Lambari não pode voar.
Lambari as suas penas
Todinhas vai pagar.

Lambari, peixe não voa,
cada bicho em seu lugar.
Já pensou o peixe-boi
rei das selvas virar?

Lambari deu sete voltas,
Sete voltas deu no ar.
Lambari perdeu as asas,
de bunda caiu no mar.

Também estavam lá: o Prof. Tebar, de biologia, nascido em Portugal, criado na Lapa, a mãe ali mantendo pensão de comidinhas típicas; físico de pinguim barrigudinho baixotinho fortinho, cabelos encaracolados, bicarra corvina a equilibrar óculos grossos lentes arregaladoras de olhões pretões de dar medo, estudante de música, rato da Cecília Meireles, regia, trepado nas madrugadas nos tamboretes do Moisés, a "Nona" de Beethoven, com biquinhos fazendo trompas oboés para espanto esbugalhado do Lambari, de algum indormido passante, dos vizinhos, de trêfegos, pândegos fantasmas.

O Russo Piranha, comprido encomprido jogador vigarista um perigo dados nas mãos, cartas de baralho, níqueis de porrinha nos treinados safados dedos; via-se romântico crupiê transatlânticos de luxo, fazedor de reis, sonhos, fortunas. O que era: afanador de miseráveis, roubador de iguais. Riso fácil cativante, fala macia ciciada, Tebar dizia-o cuspida e escarrada efígie de campônio medieval, tísico em torno do nasal, narigão a enrodilhar um corpo.

E o Waltinho Bom Cabelo, vendedor miudinho vozeirão locutor BBC, conquistador donzelas coroas donzelos variada fauna; Eneas, crioulão destro no box jogo de ronda roubado desmascarado emascular desmascarador queria; Floriano mestre de obras, abobado batida Av. Brasil; Oliveira, sargento aposentado aeronáutica *lifting* facial cervical orelha de abano testa olhinhos queixinho buraquinho charmosinho bem no meio; Julinho seringa mal escondida disparava banheiro aplicar cocaína "q'iu pariu! q'iu pariu" lamentos Moisés a ponto de morrer.

E estávamos. Todos. E era bom estar. Gostoso. Irmandade. Travo na boca. Palpável. Nada a dizer. Viver. Somente. E estávamos assim quando a pombinha nervosinha apressadinha sobre mim esvoaçou asinhas trêmulas que você quer de mim pombinha quer me dizer, quer me dizer o quê minha pomba minha pombinha e ela arregalou os olhinhos tanto mas tanto e foi então que um estrondo tudo foi pelos ares o bar Waltinho Eneas Moisés Germano Lambari Tebar as lembranças tudo tudinho de repente.

Entro, ninguém conhecido. Mesas, cadeiras novas, nova também a pintura, a cozinha reformada, o banheiro. Os tamboretes no mesmo lugar mas também novinhos, de outra cor. O sujeito atrás do balcão é um latagão branquelo, bíceps monstruoso. Todas as mesas ocupadas, sento-me no último tamborete, onde costumava sentar-me. Peço uma cerveja, o sujeito ao lado parece simpático. Tento um papo, ele responde com solicitude mas tão distante, acabo me calando. Tomo a cerveja em silêncio, apenas vozes a soar-me, as mesmas que...

Moisés morreu de câncer no estômago desgosto dos três filhos bichas, o mais velho em Paris fortuna entre *les brèsiliennes du Bois de Boulogne* ele Vanessa, *la belle,* montou salão de beleza em Campo Grande, os outros dois...

Germano teve um AVC, troncho de um lado, deixa que eu chuto que vi de longe, duas ou três vezes coração apertado não quero ver mais mais nunca nunca mais.

Lambari engolido pelo subúrbio as coisas pequenas ah, o mudo sofrimento das pessoas simples anônimas o sofrimento saberão elas?

Tebar mudou-se para a cidade perto da Cecília Meireles esqueceu-se de nós todos envolvido sufocado pelos filhos a cabeça branquinha onde a Nona onde as noites de... onde? Onde?

Russo Piranha encontrei no Pepe, de pilequinho, satisfeito dinheiro ganho roda de pôquer na Dez de Maio, queria porque queria pagar-me cerveja e mais cerveja, grana da estia, ele abonado. Envelhecido pele branquela dos que longe do sol dormem o dia, no sorriso não mais a mesma chama dentes ruins. Uma segunda vez estava liso paguei, ele tentando um papo de saudosismo boboca suburbano sem sentido. Não vi mais. Não sei se quero. Prefiro não, estarei também mudado então por que portar-me como...

Waltinho montou uma firma de compra e venda de extintores. Perdeu os dentes envelheceu só guarda o vozeirão mas sem qualquer encanto casado com filhas para criar. Três.

Dos outros não sei mais com exceção do Julinho, executado por policiais matadores, ele lhes movendo processo por tentarem extorqui-lo. Encontrado cheio de tiros no próprio carro, de traseiro nu voltado para cima pose que quer dizer "era um bundão". Um dos matadores estudou comigo no Belisário e se diz amigo meu.

Enfim, tudo medido, pesado, resto eu. Íntegro? Não. Não por esse caminhar entre sombras, aqui e ali a catar meus próprios pedaços. Inutilidades. Inútil tarefa, melhor jamais ter tocado tais coisas. Melhor deixá-las. Imobilizadas. Imóveis, são minhas. Disporei delas. Sempre que me aprouver. Em dimensão nova, só minha, sem tempo sem espaço somente eu a... Eis aí. Simples assim.

Saio, caminho pelas ruas. O peito mais leve, ainda assim triste. Consola-me cantarolar bem baixinho sopro resmungo voz sufocada:

> Daria tudo que eu tivesse
> Para voltar aos dias de criança.
> Não sei pra quê que a gente cresce,
> Se não sai da gente essa lembrança.

> Eu igual a toda meninada.
> Quanta travessura que eu fazia.
> Jogo de botões sobre a calçada.
> Eu era feliz e não sabia.

ROUBADORES DE SONHOS

Ela amansava beija-flores.

— Todos os dias. De tardinha — dizia.

E emendava com um risinho suspeitoso, lindo por demais:

— Nessa hora eles ficam tão coitadinhos!

Ela mesma se punha assim. E era tão frágil, mas tão... Cabia por inteiro no vão de um suspiro. Inteirinha.

Ria-se de doer, quase a gargalhar, quando se lhe estranhava tal mister.

— Acaso não há os que amansam monstros?

Enumerava nos dedinhos:

— Leões, tigres, elefantes, e...

Erguia o olhar, punha-o empinadinho. Como se mirasse direto o olho de várias gentes. Erguia por igual as sobrancelhas. A esquerda mais que a direita. E, voz de passarinho a ponto de enfezar:

— Até pulgas! Até!

Pausa, longa, ela a se amainar, canário babando-se do próprio trinado. Em seguida, olhinhos revirados de pura satisfação:

— Pois então? Hein?

Da mesma maneira, revirava-os, só que de aflição, na hora de explicar como tinha aparecido em Campo Grande.

— Ora...

Balbuciava, e sempre balbuciando, tartamuda, garantia ocupar aquele sitiozinho nas lonjuras do Carapiá por pedido e expresso chamado dos próprios beija-flores, desejosos que estavam de ser ouvidos por quem quer que fosse capaz de entendê-los e com eles conversar.

— E você...

— Aprendi cedinho a linguagem deles.

— Dos beija-flores?

— Dos passarinhos.

— Todos?

— Hun, hun...

Propunha-se a ensinar-me. Indispensável, contudo, estar eu interessado.

— Se estou?! Se estou?!

Sorriu, marcou para o dia seguinte o início das lições. De eu aprender língua de passarinho. Na hora azada sentiu dorzinha do lado, pontada aguda, uma aflição, aflita acomodou-se em meu colo, nele aninhada rogou-me levá-la ao leito, que o incômodo era por demais, punha-a a ponto de perder o siso. Eu com ela no colo a seguir pelo corredor sentia-lhe o bater miúdo do coração e o meu coração batia igualmente, mas da dor de meu amor por ela.

O marcar as lições, estremecer com as pontadas, o agudinho da dor, a vozinha queixosa a implorar conduzi-la ao leito virou hábito. Para ela. Repetido pelo menos uma vez por semana. Vício para mim. Sorvedouro — ah, a leveza do corpinho, a quenturinha de bem de dentro — cujas águas me ensombravam mas sem as quais me sentia de melancolia morrer, morreria.

Era às quartas-feiras o marcado. Sempre às tardinhas. Assim transcorreu todo um mês. Em tardinha calorenta no início do segundo, dei com o sitiozinho vazio, ela ausente, ausentes os beija-flores, nenhum deles a esvoaçar sobre os pequeninos bebedouros, armadilhas de sonho espalhadas nas voltas da varandinha em volta da casa. Dentro, o silêncio pesava, sem as cantigas faladoras de lugares e gentes mágicas que ela entoava com ciciosos trinados.

Ali me quedei até noite fechada. E teria ficado até nunca mais, se a dor do convencimento de saber que ela se fora tanto não me atormentasse. Igualmente as lembranças: pequenina, raio de sol, anjinho, olhos garços, os cabelos, as mãos. A encantar os primeiros beija-flores: cicios, gestos mágicos, fio invisível a atar asinhas, as avezinhas pairando no ar, encanto dos deuses.

Não sei quando, madrugadinha talvez, exausto, entontecido, atravessei o quarto, o corredor, na varanda dei com figura nunca antes ali vista por mim. Era alto, tez acobreada, capuz escuro a cobrir-lhe parte dos cabelos, espécie de bata também escura a envolvê-lo, a lhe realçar a magreza. Seria ridícula fantasmagoria suburbana, não fosse o porte, os olhos brilhantes, luz dos imames, reflexos, mil anos de crenças, sabedoria, maldade, os mistérios das noites nos lodaçais sagrados, abrigos de crocodilos, serpentes, abutres, leviatãs. Intocáveis.

Com esboçado gesto, barrou-me a passagem. Não me havia tocado, mesmo assim senti-lhe o toque, molengão, vermes, ofídios lembrava, a mão de palma linhas fundas fatais. Falou-me e assim como o toque mais sentia que lhe ouvia a voz, gutural, a lhe inflar as bochechas, a lhe arrepiar os lábios nos sons mais agudos, um pássaro ele parecia.

Enorme, ebâneo pássaro. Falava e me vi por desertos, savanas, templos, sacerdotes, crentes a se vergastar, a redenção, em línguas cruas gemidos aos soluços. Engolidos. Uma canoa me deixou na margem do rio. Ia em busca do guardador do segredo dos sonhos do grande sonho oculto por séculos no mais fundo recôndito da floresta junto às intrincadas árvores de galhos rangedores sumidores nas alturas. Andei a esmo estonteadas voltas e voltas até que o canto estranho de estranho pássaro me encantou, encantado atrás dele me pus dias e noites noites e dias a embrenhar-me na mata bem no meio da mata da floresta em veiga inesperada recoberta de goivos azuis deixei-me quedar exaurido exausto. Adormeci. E com ela sonhei. Deusa amansadora de passarinhos com eles falava. Adorável. Era meu sonho com ele para todo o sempre viveria e ele se repetia e se repetia eu tinha sido o mestre de mim mesmo e ansiava pelas noites para me deleitar com sua figurinha doce azedinha hortelã estrela d'Alva céu estrelado eu a tê-la para sempre para sempre.

Calou-se calado pôs-se à minha frente crescer, olhos a esbugalhar, figura de pesadelo a me acusar eu era o roubador, era eu o de um sonhado sonho o roubador queria-o de volta, que a renegasse do fundo d'alma, tratasse de isso fazer senão... e a voz se lhe altcrou, quase em rugidos rugiu e mais à minha frente cresceu e cresceu então trêmulo as pernas tremeram-me tremeu o corpo tremeu a alma emasculei-me, pusilânime. Eu era. Mísero. Miserável a vilania final não me tardou borrões a borrar os passarinhos os beija-flores a figurinha de biscuit, a amansadora.

Por artes mágicas testificada minha poltronaria por artes mágicas ele se transfigurou transformou-se, fumacinha, fumacento fedido fantasma afundou-se num desvão das telhas da varanda enfurnou-se na noite trevosa.

Torpe, aliviou-me a certeza de que ela se tinha ido, prisioneira, jamais livre imersa envolta em sombras. Para sempre. A torpeza do pensado não me importunou. Mais importunava-me o fato de que nada dela sabia. Sequer o nome. Também a maneira como a conhecera. No calçadão, tarde de sexta-feira, ela entontecida pelo barulho a procurar alguém que a encaminhasse à condução. Saltados do ônibus, insistiu para que eu entrasse, conhecesse o sítio, ganho por herança de um tio. Não pretendia morar nele, ficaria só o tempo suficiente para vendê-lo. Não estaria eu interessado em intermediar o negócio? Antes que eu respondesse, contou outra história. Dizia-se agora apenas inquilina, o lugar alugado por dois anos. Não poderia vendê-lo, como pudera eu pensar em tal coisa? Mais ainda: como a julgara capaz de algo tão absurdo quanto...

— Magine... encantar beija-flores e...

Ergueu os olhos, abriu-se em franco riso:

— ... com eles conversar... conversar com qualquer passarinho!

Arrematou, agora quase num esgar, o riso se transformando em algo rouco, não sei se soturno ou jubiloso:

— E ainda ensinar você a...

Calou-se, ausente o viço de antes, a figurinha delicada a se tornar pesadona, gestos cansados, exausta fantasmagoria. Estava na saleta, ao meu lado, mas como se nunca ali antes estivesse. Seria a mesma? Havia algo de muito remoto nela: feiticeira enfeitiçadora deusa da floresta a repousar em veiga recoberta de goivos azuis, a encantar pássaros à espera de quem a livrasse daquele encantamento e a levasse para longe para viver em encantada casa com encantada varandinha e nela armasse dulcificadas armadilhas aprisionadoras de doces pássaros e depois com eles lidasse a eles ensinasse os mistérios os segredos das matas insondáveis. Até um duende aparecer, reconduzi-la ao seu eterno destino junto aos goivos azuis, às árvores de eternos troncos musguentos. Este o sonho que eu tivera, o sonho que agora me era roubado. Por ela. O sonhado a se vingar do sonhador.

Apontou para a entrada de um insuspeito cômodo, à direita de onde estávamos. Abri a porta, perdi-me num quarto de espelhos. Multiplicado me vi, transformado, miríades de mim, transformado transformando-me em pedaços que se foram recompondo até compor-se a figura do duende negão assombrador eu era o negão sempre tinha sido e...

Nova porta se abriu, na varanda me encontrei. Rápido, insopitável a vontade de sair dali, desci a pequena encosta, cruzei o portão, logo estava na estrada. Do Mato Alto.

Bom pedaço dali até onde eu morava. Alta madrugada, nem pensar em condução. De qualquer maneira, preferia caminhar. Céu estrelado sobre mim, brisa fresca da Grota Funda em meus cabelos, rosto, que mais desejar?

Vantagem maior: hora de beija-flor dormir, nenhum a nos ares vagar.

Uma coruja piou num mangal. O que podia significar? Como saber, se não tinha aprendido língua de passarinho? E que importância agora aquilo...

Sorri. Dei de ombros, acirrei o passo. Tinha ainda um estirão a percorrer.

MARIA

A noite estava mais para coruja que para gavião: fria, escorregadia, uma chuvinha boba a emporcalhar o calçadão e as pessoas que por ele passavam, o comércio fechando, a algaravia, por vezes um berro, risos despropositados, que faço questão de ignorar. Dobro a esquina do Beco do Seridó, debaixo da marquise da Magal. É onde ela costuma dormir, mas não a vejo. São sete e pouco da noite, cedo demais para ela, penso. E me surpreendo por, mesmo que leve, embaçadamente, estar me ocupando com aquilo.

Sigo pelo beco em direção ao bar do galego, na esquina com a Augusto de Vasconcelos. Tenho dinheiro para três ou quatro cervejas, com sorte encontrarei algum amigo, com ele compartilharei a bebida, ficarei bestando por ali o tempo necessário para o álcool desatar os nós da vidinha idiota que levo, mortas as ilusões, descarnados os sonhos, emparedadas as ambições.

No bar, contudo, sequer um conhecido. Sento-me, peço a cerveja. Na televisão, um sujeito esbraveja contra crimes, torpezas, aviltamentos mil. Por vezes, dos dois ou três caça-níqueis, sobe o ruído das moedas, uma exclamação qualquer de quem joga. Em pouco, tudo aquilo me cansa, enoja. Afinal, o que estou fazendo ali? Por que não ir para outro lugar qualquer? Mas qual, se a grana é curta, não disponho de crédito, ninguém fiaria um centil a um borra-botas como eu. Então, melhor seria se...

É quando ela entra. Vem saltitando no pé direito descalço, o esquerdo mal tocando o chão, envolto por uma espécie qualquer de gaze, emporcalhada pela chuva, pela sujeira da rua. Apoia-se ao balcão, que, ela baixinha, quase a cobre por inteiro. Surrada é a saia que lhe envolve os gambitos, assim como surrado e estranho é o minúsculo agasalho que lhe protege os peitos chupados. Os cabelos são curtos, emaranham-se em inimagináveis cachos de indefinida cor. De onde estou, vejo-a de lado, mas conheço-lhe o rosto, os olhos miúdos, a boca desdentada. O galego a trata com a afabilidade que se dedica a um demente ou a uma estouvada criança. "O que vais querer, ó Maria? O de sempre?" Ela sorri, ele lhe estende um cigarro a varejo, serve-lhe café num copo comum. Ela se retarda ali, a tomar o café, a fumar o cigarro.

Tento desviar os olhos, esquecer a figura de megera. Ela, porém, me mantém preso, magnetizado, até que, enfim, tudo se desvenda: o bar refulge, compreendo por que a procurara debaixo da marquise da Magal, por que, sem saber, estivera o tempo todo aguardando que ela entrasse, se encostasse ao balcão, repetisse gestos para mim de há muito já conhecidos. É que aquela, dentre todas as Marias, era a mais feliz. Aquela era a Maria do Cristo, aquela era a Maria Madalena, aquela era Maria, a mãe de todos nós. E a ela bastava viver, embora dormindo debaixo de uma marquise, embora vestindo andrajos, embora desdentada e suja.

Faço menção de me levantar, ir até ela. Mas para quê, se agora, junto ao maravilhamento, sinto também raiva por ela ostentar com tanto despudor uma felicidade que jamais encontrarei. Ainda assim, tento erguer-me. Desequilibro-me, tropeço no pé da mesa, derrubo o copo de cerveja, que se espatifa no chão. Abaixo-me para apanhar os cacos, demoro-me um tempo naquilo. Quando volto a olhar para onde ela estava, não a vejo mais.

Saio do bar só depois da quarta cerveja, findo o dinheiro. Evito seguir pelo Beco, desço a Augusto de Vasconcelos. Meus passos são trôpegos e não quero mais vê-la. Prefiro pensar que tudo foi fruto de uma bebedeira, pois tenho a certeza de que viver na mais plena felicidade deve ser uma chatice inominável. Ou será que não?

O achado

Era pouco maior que uma bola de gude, quando, pela manhã, os garotos a viram. Estava jogada na grama, num dos canteiros do jardim da igreja. Era feita de material opaco, talvez gelatinoso, mas não tão macio que perdesse a forma original nem tão rígido a ponto de não se poder alterá-la.

Um dos garotos a apanhou, atirou-a para o alto, ela caiu pesadamente, rolou alguns metros pelo terreno. O segundo a encontrá-la foi um catador de papéis. Agora ela estava do tamanho de pequena bola de futebol. Curioso, o homem a examinou por longo tempo, mas, não lhe vendo serventia alguma, abandonou-a. Depois disso, ela sempre crescendo, viram-na um casal de velhos, um jovem estudante e um guarda municipal, e, lá pelo meio-dia, quando os garotos voltaram do colégio, ela estava tão grande quanto o maior deles. A essa altura, a notícia do achado correra pela cidade e uma multidão a rodeava.

— Crescendo assim, em breve não representará um perigo? — alguém perguntou.

Ergueram então à sua volta uma cerca, rígidos toros dispostos em grande círculo, e disseram:

— Agora já não será mais que um brinquedo de criança.

Mas aos poucos ela foi-se avolumando, esparramou-se por entre os toros, transpondo-os. Em breve eram um só e único corpo.

— Haverá sequer um meio de conduzi-la para fora da cidade? — voltaram a indagar.

Fizeram entrar na praça um caminhão, dele desembarcaram cabos e cordas, elaboraram fortes amarras, por longo tempo dedicaram-se à tarefa de atá-la, mas, quando se dispuseram a puxá-la, ela estava maior e mais pesada que o próprio veículo.

— Se não podemos contê-la, poderemos ao menos destruí-la.

Cavaram à sua volta profundo fosso, nele derramaram gasolina, em pouco as chamas cresceram, envolvendo-a, de longe ouvia-se o seu crepitar.

— Agora que não mais existe, não se pode afirmar que representasse de fato um perigo — comentaram.

Mas, à medida que o fogo diminuía, viram-na avançar, intacta, por sobre o que restava do fosso, e já tão grande quanto as mais altas das casas da praça.

Com um grito, a multidão se desfez. Muitos debandaram, as mulheres em pânico a correr pelas ruas, os homens, estonteados, a procurar abrigo. Apenas os mais afoitos permaneceram na praça. Não seriam mais que dez pessoas — alguns anciões, um casal de meia-idade e um rapazola. Ela agora ocupava quase inteiramente o lugar. Era uma imensa massa gelatinosa, de cor mais escura que a anterior, e seus movimentos não guardavam qualquer ordem ou proporção: rolava sobre si mesma, à semelhança de imenso e estonteante verme. Havia já destruído quase todas as casas vizinhas à praça e se aproximava da igreja.

— Na verdade, há quanto tempo a esperávamos? — comentou um dos anciões.

— Seria então possível conviver com ela? — indagou o rapazola.

— Não é hora de reagrupar os que debandaram? — perguntou novamente o velho.

O casal se afastou. Em pouco voltava, seguido pela multidão. Vinham em silêncio, de cabeça baixa, os homens à frente, porém em nenhum deles se poderia identificar o temor de antes. Pelo contrário. Traziam o semblante desanuviado e claro, e quando se postaram diante dela, olhando-a, e a viram avançar e começar a destruir a igreja, muitos dentre eles sorriam.

GORDA À JANELA

Quando a chamavam de exibida, ria-se de sacolejar:

— Se eu não me gabolar, quem é que vai fazer isso por mim?

Resmungos às suas costas, as vizinhas e outras gentes roxas de raiva:

— Isso lá tem cabimento? — olhos grudados na bunda por demais gigantesca, nas ancas rombudas, ela um prego vergado para trás.

Amigos (na verdade não mais que dois gatos pingados) elevavam os olhos aos céus, solfejavam amenidades:

— Ora, a gordura até que lhe cai bem. E olha que não é para qualquer um...

A mãe driblava a própria sombra:

— Puxou ao falecido.

Ninguém se lembrava mais do falecido.

E como ela própria também logo depois era defunta, onde a origem da gordura de Waldeci?

A bem da verdade, ela nunca se preocupou com aquilo. Ou pouco. Ou fingia. O fato, porém, é que logo ganhou mais motivos ainda de amolação. A gota d'água: em Sepetiba, numa tarde de domingo, bem diante da ilha do Tatu. Andava pela areia, era toda gabarolice, faceira. Vestia um maiô inteiriço, preto, tradicional, puxado aos antigos Catalina. Para ela, bonito fora da conta. E assim mesmo ela se sentindo, morta de desejo de agradar. Tinha lido numa revista feminina que as gordas todas sofrem desse vício. São figurinhas de biscuit, frágeis, frágeis, donas em penca de tal fraqueza. Que era sua maior força, terminava assim o que tinha lido. Então passou na frente de dois crioulos estendidos na areia. Um deles gritou: "Diminui aí a caixa de gordura, ô dona Maria". O outro só fez gargalhar. Escarninho. Muito. O que mais a magoou.

De noite, em casa, estirou-se na cama, mordeu o lençol, encharcou a fronha de lágrimas.

No dia seguinte, fez uma fogueirinha no fundo do quintal, queimou o maiô. Voltou a sorrir só quando o viu transformado em cinzas.

Com o passar do tempo, foi perdendo o ânimo para ir à praia. Também para andar de ônibus. Disso ganhou arrepios, quando um dia quase entalou-se na roleta. E assim por outras e variadas coisas. Mas não era ainda um passarinho cansado, de todo entregue.

— E lá tenho motivos para isso?

De que nunca se esqueceu foi o tal artigo da tal revista. E a ele foi acrescentando pedaços. Aos pouquinhos. À medida que aprendia de fatos e gentes. Por exemplo: desprezo bruto pelos suburbanos de mentirinha. Os que se deixavam mostrar na televisão.

— Crioulos sarados! Esgoelando música funk! Gente como a gente?

Foi aposentada — obesidade mórbida —, pela lábia e pelas mãos de um cacique político local. Cabresto: um favor, um voto, título de eleitor preso como garantia. Ela, a vida inteira merendeira na escola municipal Dr. Nelcy Noronha.

Logo em seguida — uma miséria o que ganhava da Previdência, e olha que não pagava aluguel, desde sempre morando na casa herdada dos pais, na Professor Castilhos — abriu consultório para trabalhos de amarração e abertura de caminhos. Com o declarado fito de engordar o orçamento. Leitura das mãos e consultas ao tarô. Atendimento a 10 reais. Só pela manhã, inclusive domingos e feriados. Vovó Diná.

A partir daí colocou em prática a parte mais importante que o dito artigo também lhe tinha ensinado. A de fito misterioso, que ela não revelava para ninguém, nem que por causa disso lhe caísse a maior disgrama.

Assim se perfazia essa parte: todos os dias, depois de fechado o consultório, banho de banheira, demorado, com sabonete Gessy Lever. Completava o banho com água de colônia da Coty, desodorante Leite de Rosas ou L'Acqua Fresca, da L'acqua di Fiori, ou ainda Nívea Fresh Aerosol. Tudo isso antes de vestir, ajudada pela Didi, amiga do peito, a calça jeans, cintura baixa, tamanho GG, das Lojas Marisa, a do calçadão. O cabelo acaju claro brilhante, tintura da L'Oreal, era cortado e pintado duas vezes por semana pela Penha, que lhe vinha à casa só para isso. Da Penha também a lixadinha no mindinho do pé esquerdo, e no joanete do calcanhar direito. A seguir, a maquiagem. Leve, que ela mesmo fazia, tinha aprendido. Carregada só no batom brilhante, antes os lábios inchadinhos por mordidelas delicadas, depois apertados beliscões.

Assim, figurinha de biscuit, era levada pela Didi até a janela da frente. E lá ficava, debruçada para a rua, da tardinha à escuridão, à espera da chegada de um amor por demais radioso, de paixão enorme, que desse por inteira em seu coração.

O VELHO

Não gosto do lugar onde moro, suburbano apartamento de dois quartos, à beira da Estrada do Monteiro. Movimento intenso, dia e noite, caminhões, carretas, carros, ônibus. A pobreza transita, bulhenta, buliçosa, com insensatez a cantar a própria feiura, sordidez.

Alta madrugada, motos de escapamento aberto, os condutores da morte, milicianos, matadores de aluguel, em catadupa, a buscar as casas de shows, imensos cubículos de paetês, drogas, sexo à moda do freguês, rude sustança de tropeiros mais rudes ainda.

Em madrugada assim é que, pela varandinha do apartamento, eu o vejo. O que mais nele chama a atenção é a hirta, toda branca cabeleira. E o jeito de andar, o passinho miudinho, quase aos saltos, os pés rente ao chão, quase um saltito.

E a hora, cinco, cinco e meia, o dia não de todo nascido, início de inverno, um arzinho frio, rala neblina na rua, na calçada.

Encaminha-se para o ponto de ônibus, uma espécie de abrigo, cobertura fina de cimento, laterais de acrílico, banco também de cimento, pintado de amarelo, logo abaixo de onde estou. Aí se acomoda.

Quem será ele? Envelhecido, porém rijo erguedor de apartamentos e casas? Invisível burocrata, do subúrbio dirigindo-se ao severo relógio de ponto da repartição na cidade? Molestador de não de todo despertas mocinhas, no abarrotado dos ônibus? Espantado fantasma ainda àquela hora espantado com os infinitos espantos causados durante toda a noite?

Ou simplesmente um velho homem solitário como eu, à espera do sol, de uma condução que jamais virá, tomado por recordações de uma vida que por ele passou, que para ele jamais retornará?

CRÔNICA DE UM AMOR BALDADO

Ceci e Rosaura viviam maritalmente. Dia sim, dia não, Ceci era o marido. Dia não, dia sim, Rosaura era a mulher.

Ceci era branquinha, pequenininha.

"Cabe na palma da mão", dizia Rosaura.

Em dias ventosos, de trovoada, Ceci se encolhia, cheia de denguice, morta de medo, no oco da cama.

Rosaura era mulata, alta, físico de taberneiro.

"Mariola por dentro", dizia Ceci, deitada em seu colo, enroscada no pixaim de seus cabelos.

De mãos dadas, provocadoras, desciam o calçadão. Afrontavam olhares censores, risinhos de escarnecimento.

Em casa, davam tontos, afogueados gritinhos. Ceci deixava cair sobre os ombros um xaile de seda, bebia aos golinhos chazinho de camomila. E faziam amor, nuinhas, com os pés mergulhados na banheira com fundo de porcelana carmesim.

Moravam numa casinha que Ceci, fazendo biquinho, insistia em chamar bangalô, de dois quartos, na rua Sacramento Blake. Herança do pai dela, ela filha única.

Uma vez por ano, sempre às vésperas de seu aniversário, insistia que o via, num desvão do banheiro.

Choramingava, fazia beicinho; Rosaura amaldiçoava o fantasma que vinha ensombrá-las logo naquela data, ameaçava com rezas, bruxarias, eterna perdição.

De manhãzinha, quando saía para trabalhar, deixava Ceci ainda toda trêmula no leito, apertando o bentinho de São Genaro contra o peito, infalível defesa contra assombração.

No dia em que os vizinhos se mudaram, Ceci ficou no portãozinho vendo a mudança chegar. E foi quando já ia entrando que seus olhos deram com Floriano. E ela se perdeu.

Dali em diante eram risinhos, olhares, até que um dia, ela, aberto o portãozinho, fez com que ele entrasse e o conheceu. E passou a conhecê-lo todo dia, das quatro às seis, e ficou maravilhada.

Três semanas depois, numa tardinha de

vento e muita trovoada, preocupada com os pavores de Ceci, Rosaura saiu mais cedo do trabalho, correu para apascentá-la.

Estatelou-se, quando, da porta do quarto, viu os dois na cama, esfregando-se, refesteladinhos.

Ceci deu um gritinho estrangulado, cobriu as partes com a beira do lençol, tentou erguer-se. A mão de Floriano, imperiosa, a impediu.

Ficaram as duas, por um instante, encarando-se. Uma lágrima desceu do olho azul de Rosaura. Outra lágrima desceu do olho verde de Ceci. Então, Rosaura deu-lhe as costas, saiu.

Nunca mais voltou.

Seis meses depois, os vizinhos se mudaram.

Agora, nas noites de muito vento e de muito trovão, Ceci tem a consolá-la apenas o velho fantasma.

Só que, caprichoso, ele sempre a deixa em dúvida, ela sem nunca saber se ele vai ou não vai mesmo aparecer.

Girândola ou A República dos Mequetrefes

Éramos todos canalhas, chantagistas. Filhos de Aretino.

Espúrios. Estávamos homiziados nos três ou quatro jornais de Campo Grande, há coisa de muito antigamente, quinze, vinte anos.

Suburbano tropismo vital, aquele: fazer jornais. Hoje outro o vezo: fazer poesia. Aretino às avessas, beletrismo irrefreável. Ah! falaz verborreia! Ah! alegres onanistas! Despudorados, atrozes, almejam almas.

Mil vezes a canalhice, a chantagem de antigamente, perfeita, mais macia, muito, muito mais matreiramente. Com edulcorada comiseração. Intocável a alma da presa. Prenhe de amor, lanhava-se-lhe a carne com as lascas do madeiro de Cristo, a benquerença a escorrer dele, sacros-santas pingadelas. Assemelhávamo-nos à Santa Madre a cuspir o cuspe fétido da besta nas bochechas do pecador, por misericordioso amor a ele. O olho grudado em seus bens.

Os valhacoutos: *O Grito da Zona Oeste*; *O Jornal de Campo Grande*; *O Patropi*. Nos áureos tempos. E nem todos concomitantes. Que me lembre, o mais antigo era *O Jornal de Campo Grande* (tive notícias de outro, vetustíssimo, editado por medonho energúmeno de alcunha Reizinho em Inhoaíba, fruto de rude incompetência, envergonhadora, inibidora de qualquer canalhice por mais incipiente, mais neófita que fosse).

Hebdomadários, oito páginas. Cevados nos finais de ano ou nas eleições, engrossavam-se para doze, dezesseis, mesmo dezoito páginas. No tempo de vacas magras, engorda pouca, afilavam-se, impudentes, em solerte descaramento: quatro páginas, *no más*.

Expedientes plenos de lorotas: número de exemplares inflados; repórteres nenhuns; nenhum revisor de texto; nenhum redator, textos escritos pelos colaboradores, estes sim, enxame a enxamear a minúscula saleta do jornal, afogueados, coceirinha nas partes, funda agonia para ver seus nomes publicados.

Ah, gloriosos dias de fechamento. Ah, gloriosa vaidade em ebulição, afago nos egos, analfabetos, toda uma elite de analfabetos em andamento, construção, construíamos alguma coisa, edificávamos algo, um território livre, oh!, sim, a bela, impávida república dos mequetrefes.

Modus operandi: a figura vital, o *nec plus ultra* do jornal era o vendedor de anúncios. Nas mãos dele o busílis, os cifrões, o coração rubro vivo daquela lagartixa voadora, papagaio amalucado que devia manter seu tresloucado voo. Com eles, porém, havia óbices, entraves: valorizadíssimos, os melhores davam às de vila-diogo, buscavam alhures mais polpudos soldos. Restavam os tronchos, por vezes velhotes a engordar o mingo da aposentadoria. Nau capenga, qualquer marujo virava almirante; os anúncios eram manjar, fosse qual fosse o cozinheiro. Pouco importava quem, era suficiente vendê-los.

Assim também as presas. Escolhidas, eram cobertas de mimos, esvoaçantes elogios aqui acolá em notinhas, por vezes matéria ilustrada, fotos legendas, tudo *comme il faut*. Faturas pagas, prosseguia-se, anzol cravado, linha esticada. À primeira vacilação, o alvo enegrecia, o negro empretecia, choviam-lhe vitupérios, a reputação enxovalhada. Mas, atenção: a enxovalhação era construída com amor e graça, grudava-se, gentil, ao enxovalhado. E removível, apagava-se tão logo ele ao bom caminho retornasse.

Armadilhas mortais havia. E os proprietários, eles próprios, as criavam, algozes e vítimas. Vítimas e algozes. Acontecia quando, picados pela mosca azul, punham-se cegados pela política. Eleger-se era a presa correndo à frente do fero mastim. Terminavam encolhidos vira-latas, rabo entre as pernas. Assim com *O Patropi*. O dono, sujeito antipático a ponto de a própria sombra evitá-lo, perdeu-o. Hoje, jornal enterrado, é pastor ou coisa que o valha em estrovenga de apelido Adonai, vigarice teológica para sonho, ilusão e exploração dos incautos em Cristo.

Em abrolhos idênticos quase soçobra *O Grito*. O dono, malfadado nas eleições para vereador, ensandecido, para salvar o jornal vendeu a alma a Molok, exatas trinta moedas por ele ofertadas. A soldo de prefeiturinhas do interior, o jornal, obrigação legal delas, passou a publicar insossos relatórios. Tal gororoba quem ler haveria de? Adeus, caros leitores.

Mas, enquanto a Lusitana roda, a girândola gira. E foi assim que *O Globo* farejou a grana da Zona Oeste. Quase à flor da terra, que custava escavá-la? Embolsá-la? Vieram os jornais de bairro, adeus viola: o caixão foi fechado, morreu sufocado o defunto. Encovou-o a internet.

Hoje, pela internet, qualquer um pode ser jornalista, colunista, canalha. Mas duvido que se possa comparar com um canalha de antigamente. Como eu.

O FILHO

Quando chegou, a mulher estava na copa, passando roupa.

— Veio mais cedo hoje?

Ele tirou a gravata, colocou o paletó em cima da cadeira.

— Não fiz serão. Ando muito cansado.

Ela sorriu, com as costas das mãos ergueu o cabelo da testa. Através da blusa ele via o começo dos seios, redondos e pesados.

— Você está mas é precisando dumas férias.

— É...

Da rua vinha o ruído dos carros, e mais ao longe o apito dos trens. Na casa ao lado luzes se acenderam, um cachorro começou a latir. A mulher ergueu o ferro, com a ponta dos dedos sentiu a temperatura da chapa.

— Não vai tomar um banho?

— Depois.

— Quer se sentar? Me ajuda a desocupar a cadeira.

Sentado, ele via o céu escuro e alguns relâmpagos.

— Acho que vai chover.

— Também, pudera ... com o calor que fez hoje.

— Onde está o menino?

— No quarto. Dormindo.

— Você levou ele ao médico?

— Hun, hun...

— O que foi que o doutor disse?

— O de sempre...

— Quer dizer que ele não vai mesmo ficar bom?

A mulher largou o ferro, passou a mão pelos lábios. Começou a ventar, a janela bateu.

— Acho que já está chovendo. É melhor recolher o resto da roupa no varal — e saindo: — Desliga o ferro pra mim.

Quando voltou, tinha os cabelos em desalinho e ofegava. O homem estava de pé, junto ao fogão, enchendo uma xícara de café.

— Puxa... que ventania — e mudando de tom: — Você vai tomar café frio? Por que não pediu? Eu esquentava.

— Não tem importância.

— Não quer comer alguma coisa?

— Não... espero o jantar.

— Mas vai demorar um pouco. Hoje me atrasei com o serviço.

— Não faz mal. Eu espero.

A chuva começou, em pingos grossos. Do telhado e da rua vinha o ruído da água. A mulher desocupou a outra cadeira, sentou-se.

— Hoje, depois que saí do médico, passei em casa de mamãe. Fiquei com tanta pena dela, coitada... sozinha naquele casarão... Ela me disse que às vezes passa dias e dias sem ver ninguém... não é horrível? Então eu pensei que ela... bom... com o menino nesse estado, eu também me sinto muito só... pensei que ela podia passar uns tempos aqui conosco, me fazendo companhia... então nós resolvemos...

— Com respeito ao menino... outro dia, sabe, conheci um sujeito formidável, propagandista de laboratório... ele me disse que nos Estados Unidos já tem cura pra essa espécie de doença. Me falou também que...

— Vou tomar banho. Você espera mais um pouco pelo jantar, não espera?

Agora a chuva tinha amainado e da terra subia um mormaço forte. A mulher se levantou, acendeu a luz. Depois ficou alguns instantes ainda por ali, amontoando a roupa já passada e foi para o banheiro. Deixou a porta entreaberta. Cantarolava. Ele via partes de seu corpo branco e jovem. Quando saiu, tinha o vestido colado à pele. Era um vestido azul, mais curto que o anterior.

— Não adiantou nada chover. Está fazendo mais calor ainda — disse, parada à sua frente. Com as mãos alisava a saia, esfregando as coxas, os quadris.

— Hoje machuquei a perna. Bati na quina da mesa. Ficou uma mancha enorme aqui.

Ergueu a saia. No meio da coxa havia uma marca avermelhada.

— É...

Mantinha a saia erguida, passava a ponta dos dedos na penugem dourada. Sorriu.

— Você acha que vai ficar marcado? Debaixo da pele parece que está se formando um carocinho. Passe a mão que você sente.

Ele permaneceu imóvel, os olhos baixos. Ela se aproximou, beijou-lhe o rosto.

— Você quer?

A porta da cozinha estava aberta. Através dela, ele entrevia os arbustos do quintal, as folhas lustrosas e pesadas da chuva.

— Agora não. Depois.

Ela se afastou. Em breve, da cozinha, veio o ruído de pratos e talheres.

— Olhe — disse ele, em tom mais alto — esse meu amigo, o propagandista, me falou também que...

Calou-se. Foi até a janela. Havia ainda alguns relâmpagos, mas o céu estava clareando e por entre as nuvens surgiam algumas estrelas.

MADAME ODETE

O sonho

Eu pré-adolescente, foi-me um susto a primeira vez que a vi. Boneca, assim você era. Enorme. Fantasia enorme, prestes a me engolir.

Vontade de me perder sob suas saias, desvendar suspeitadas pudicícias. As rechonchudas pudicícias nelas encerradas. Quentinhas, cálidas, prontinhas para o toque, para meus sonhos abrigar.

Rua Viúva Dantas. Onde se deu. Ah, benfazeja morada de anjos. Devoradores. Amedrontadores. Mas anjos.

Cada centímetro dela percorri. Alegre, nela depositei-me. Minh'alma em cada sótão, cada varandinha, cada desvão, na luz que a iluminava, no sol que a clareava.

De noite,
no escurinho
do meu quarto,
no espelho da cômoda,
você se guardava.
E em minhas vigílias,
em miríades
se multiplicava.
Sereias, ninfas, náiades
as formas
que você ganhava.
Por elas embalado,
eu por fim adormecia.
Para por elas ansiar,
assim que de novo
raiava o dia.

Intermezzo

Eu maduro, findada a adolescência, quase não mais a vi. Mas sabia-a mulher de amores vários, embora casada, mãe de um casal de filhos. Do filho homem, Nivaldo, muito sabia. Da filha sabia nada. A não ser o nome: Liamar.

Nivaldo, seda quando sóbrio. Bêbado — suficiente copázio Coca-Cola com cachaça —, samurai, kamikaze, bissexual. Alto, músculos, seco de carnes, pouquíssimas letras, funcionário subalterno da Fazenda Modelo: cuidador de malucos lá recolhidos. Corretivo nos rebeldes: meia dúzia de sopapos.

Conta-se: Roberto Burle Max, bicha assumidíssima, proprietário de imenso sítio na Barra de Guaratiba, vasculhava, com amiguinhos, Campo Grande e arredores. Intenção: arrebanhar mocetões, no sítio com eles viver arreganhadas, pagãs orgias. Nivaldo um dos arrebanhados. Cenário: casa grande do sítio. Sala. Uma das paredes, toda, imenso aquário. Peixinhos mil. Coloridinhos. Delicadinhos. Deleite plateia de bichas desnudas, jovens idem. De inopino, Nivaldo mergulha no aquário. Peladão, bagos ao mar. Gritinhos histéricos da bicharada, alvoroçadinhos, apavoradinhos aquário estatelar-se, peixinhos a esvoaçar teto em fora.

Triste fim o dele, o bom do Nivaldo. Excesso de fumo, bebida, câncer. Língua, laringe. Operação mutiladora. Tão que a mãe pedia amigos não visitá-lo. Hospital dos Servidores, lá mesmo findou-se, certa madrugada, sozinho, sufocado no próprio vômito.

Airosa, tudo assim ela suportou. Como já havia suportado outra intempérie: o dela amante mor, Mario Bicheiro, baleado por seu marido, dele empregado. Não morreu, o Mario Bicheiro. Ficou paraplégico. Paulo, o marido, condenado, vários anos, Frei Caneca. Mario Bicheiro, asilado em sítio de Sepetiba, ardoroso, embora aleijado, sufocava ardores sexo oral pudendas garotinhas aputanhadas a ele levadas por asseclas.

Tudo você viveu. Sofreu?

Carnaval, Sinfonia dos Tamancos, ala das

baianas, desfile na Coronel Agostinho, concentração no Largo da Igreja. Nunca a vi. A mim bastava-me imaginá-la. Saia rodada, turbante, traços rosto, porte, antes felino, agora rainha.

Ainda assim, dentro de mim a primeira, a imagem da minha pré-adolescência. A dos meus sonhos, fantasia. Intocada. Eterna.

A queda

No Tan-tan, birosca, noite. Solange, contadora, banca herdada do pai, no segundo andar do edifico colado à birosca, bebe comigo, de pé, no balcão. Ela bêbada, eu idem. Aliás, nem sei se bêbada. Cocaína, ela. Acabamos indo parar na inauguração de um bingo, cafajestíssimo nome Big Field. Rua Aurélio de Figueiredo, distante muito do Tan-tan, eu lá chegando no susto.

E, em susto maior, me vi sentado diante dela. Sozinho com ela. Solange desaparecida.

Tão diferente, ela. No olhar não mais a chama, não mais vida. Algo restaria? O porte perdido, mirrada parecia. Onde o fulgor? O de antes, aura sagrada, toque dos deuses, riso de anjos nas claras alvoradas. Aparição. Assombração. *Efeito da bebida*, pensei. Disposto a cerrar os olhos, ao Tan-tan voltar. Mas ela me sorria, canhestra. Não bem sorriso. Esgar. E me falava e tentava, as mãos sobre a mesa, alcançar as minhas. Roçou-as. Toque áspero. Garras. Torpes, a me subir pelo torso. Afastei-me. A voz me alcançava. Esgarçada, pato a sufocar. Estridências. Calou-se, por fim. Esperei por qualquer coisa. Ah, esperei. Um suspiro, um choramingo, um despertar. Ressurreição. Ela de súbito ressurreta. Meu sonho. Quem, afinal, tinha à minha frente? Anjo malfazejo, satã de mil asas, corvo? Um corvo que não sabia voar. Que preferia me devorar. Esfinge. Odete. Madame Odete. Qual existiria?

A dos meus sonhos? Ou aquela à minha frente a provar a outra pura fantasia? E o corvo a com suas asas me ensombrar e elas, as sombras, a se avultar até que... até que...

Seis meses depois, ela se findou. A irreal, a dos corvos. Débil, idade avançada, tudo contribuiu, câncer nos seios. Enterrada no Cemitério de Campo Grande, acompanhamento sambistas da Sinfonia dos Tamancos:

Plac, plac, plac, plac, plac,
O meu leiteiro,
Já tem dinheiro no banco,
Plac, plac, plac, plac, plac,
Ele inventou, a sinfonia do tamanco.
De madrugada,
Ele acorda a freguesia,
Com os tamancos,
Tocando a sinfonia,
Vasco até morrer,
Só bebe "alvaralhão",
E ainda é sócio,

De um varejo de carvão.

A real, a de meus devaneios, a meu lado continua. A tornar mais acolhedor o meu sol, a mais encantar minhas noites de lua.

Dr. Robledo

Silvino, dono da cadeia de lojas Noiva Feliz, casou-se com Hilda, ex-caixeirinha da filial de Inhoaíba. Só que ele, vinte e cinco anos mais velho, aos poucos começou a sentir cismarento ciúme dela.

— Vai sair assim?

— Vou.

— De bermuda?

— Social. Fina. Puro linho.

— Te faz bunduda. Muito.

— Ih, não amola.

Dava-lhe as costas, batia-lhe na cara a porta da rua.

Ele, num destempero, procurava Rosaura, a empregada, velhota e confidente:

— Viu só? Viu só?

E quase num gemido, a voz desmaiada de agonizante:

— Tem outro.

— Sossega, seu Silvino. Magina, dona Hilda!

Erguendo os olhinhos, o esquerdo turvado pela catarata:

— Boto minha mão no fogo.

Ele se sentou na poltrona grande da sala, puxou longo suspiro do peito chupado, balançou a cabeça, jogou verde:

— Sei não... sei não...

— Vai por mim.

Saberia alguma coisa que ele desconhecia?

— Sei nada, não.

Mas o quê?

— Olha, seu Silvino, acho melhor eu me...

Calou-se. Embaraçava-se. Então sabia. Estavam mancomunadas. Mulheres, protegiam-se.

— Ih, não tou protegendo ninguém! Que coisa! Credo!

Despropósito de resposta. Tanta veemência. Comprometia-se. Confidente dele, amiga dela. Ai, meu Deus! Estava perdido! Levou a mão à calva, pôs-se a cavoucar a casquinha arroxeada da verruga.

— Então, diz: onde é que ela vai toda tarde?

— E eu lá sei?

Sabia. Zanzando, o tempo todo em casa, o ar sonso de velhinha inofensiva, Hilda lhe confidenciaria alguma coisa.

Jogou verde de novo:

— Pra mim, pura agonia, não vê? E já dura um tempão.

Exatamente seis meses, duas semanas e três dias.

— Sai logo depois do almoço. Só volta na hora da janta. Sem dar satisfação. Onde já se viu?

Agora ela que deu um suspiro puxado, e, os olhos perdidos no chão, as mãozinhas torcidas, a voz de menininha estonteada:

— Olha... seu Silvino... escuta...

Leve pausa:

— Ai, meu Deus! Promete que não diz nada pra ela?

O dedo dele tremeu na verruguinha:

— Dizer o quê, criatura?

— Promete?

— Ora, por que diria?

Nova pausa, ela agora encarando-o:

— Me contou que estava frequentando o culto.

— Culto?

— Toda tarde. Na Universal.

Ora, ora, disso ele estava cansado de saber. Seguira-a, vira-a entrar na sede da Igreja, no antigo cine Campo Grande. Havia mais coisa. Ah, havia. Disfarçou:

— Ela se queixou? Está com algum problema?

— Isso não sei, não senhor.

— É reza pra quê?

— Ai, meu Deus! Ai, meu Deus!

— Dinheiro não pode ser. Saúde também não. Será coisa sentimental... amor?

— Ah, seu Silvino! Faz isso comigo não. Olha, faz de conta que eu não lhe disse nada!

— Por quê?

— Ai, meu Deus!

Tentou fugir, ele lhe pegou a carne balofa do braço, apertou:

— Se não disser, conto tudo pra ela.

— Me machuca não! Vai ficar roxo!

Apertou mais.

— Ai, eu digo... digo o que o senhor quiser.

Ele, em transe, com cara de Judas de quermesse, como se recitasse uma ladainha:

— Ela sai no meio do culto. Vai pro consultório dum médico. No sétimo andar do Shopping Campo Grande. Fica lá o resto da tarde.

A voz pausada, de condenado descido da cruz:

— Trancada... sozinha... com ele...

Sacolejou-a:

— Repete!

— O quê? O quê?

Novo sacolejão:

— Repete!

— Trancada... sozinha... com ele...

— E o nome?

— De quem?

— Dele!

— Sei lá!

— Robledo! Dr. Robledo!

— Cumé que é?!

— Dou-tor Ro-ble-do!

— Ahn... meio esquisito, né?

— Repete!

— Dou-tor Ro-bledo!

— Mais alto.

E o berro dela inundou todos os cômodos, e ele a soltou e ela correu. Ele se estendeu na poltrona. O eco da voz de Rosaura ainda por ali varou-o por dentro. Fechou os olhos, a imagem de Hilda, sua acintosa juventude, seu acintoso frescor saltaram-lhe à frente. Ele então se viu dominado por pequenina mas insopitável vontade de se matar.

AVE, EXU PERIPATÉTICO

"Eu amo a rua. Esse sentimento de natureza toda íntima não vos seria revelado por mim se não julgasse, e razões não tivesse para julgar, que este amor assim absoluto e assim exagerado é partilhado por todos vós."

É com esse fervor acachapante, definitivo, que João do Rio abre o seu *A alma encantadora das ruas*. O livro, lançado em 1908, é todo ele devoção ao Rio. Ou melhor, às ruas do Rio.

Acontece que, de lá para cá, tudo se modificou. A ponto de a cidade ser outra. E as ruas. Por inteiro. Afirmarão os céticos: modificou-se também o amor. E completarão, com o abjeto risinho de canto de boca dos céticos: aquele amor morreu; hoje se amará a cidade de outra maneira.

Objetarei eu: e o amor de Romeu e Julieta? Dante e Beatriz? Páris e Helena? Foram acaso modificados por algo tão trivial como a morte? Note-se que me refiro a um tempo em que Matusalém desfilava de fraldão pelas ruelas do Éden.

Mas por que falo em Matusalém? Simples: porque os céticos não enxergam o óbvio. Não reconhecem a simplicidade, a singeleza de um amor eterno. Citei Matusalém como poderia citar o Rei Momo. E as serpentinas do amor de Getúlio por Virgínia Lane; de Oscarito por Grande Otelo; de Zezé Macedo por um chiclete de baunilha; de Emilinha pela banana da Chiquita, a Bacana.

Mais uma vez sorrirão os céticos, e eu então lhes gritarei com voz de tenor de opereta: mais mortífero que o amor temporário é a falta de amor. Total. Absoluta. Asfixiadora da alma humana. Da alma de qualquer gafanhoto paraplégico. Pois é assim, enxame de gafanhotos paraplégicos e peçonhentos, aqueles das pragas do Egito, que os campo-grandenses veem e circulam por suas ruas. Nem uma Cleópatra velhota, encharcada de osteoporose, sentiria tanto desprezo pelas pedras das calçadas da antiga Mênfis quanto os campo-grandenses sentem pelas pedras das calçadas de suas avenidas, ruas, becos e ruelas.

Algumas, aliás, de nome encantador: Esquina do Pecado; Rua Viúva Dantas; Carapiá; Iraquitã; Rua Ajurana; Rua Caibaté; Carobinha; Rua Curiúva; Rua Campo Formoso.

A verdade é que me pergunto, e o leitor

também se perguntará: quantos pecados se pecaram na Esquina do Pecado?

E essa Viúva, a Dantas. Quem será? Embora num subúrbio distante, povoado por povinho sujo, fedorento, chinfrim, saturado de muita flatulência, mas pouquíssima consistência, virou nome de rua. Prenda valiosa, reservada a pouquíssimos. Grudada ficará para sempre em seu sarcófago.

O mesmo para os nomes indígenas. De que grupo serão? De que nação? De que tribo? Dos Picinguaba? Da Confederação dos Tamoios? Dos fugitivos de feros portugueses? Dos sambaquis da Barra?

A bem da verdade, informações existem. Mas raras, encontradiças em mambembes opúsculos, tiragens insignificantes, adrede feitas para noite de autógrafos mequetrefe, parentes, amigos do peito. No meio deles o autor, todo pimpão. Tão pimpão quanto se tivesse acabado de decepar o pinto do Papa. E, Herodes da Central do Brasil, o exibisse numa bandeja, em meio a salgadinhos vagabundos, nauseante vinho tinto.

Findo o ágape, o pinto retornado a seu lugar, retorna o autor também ao dele. De onde, frise-se, jamais deveria ter saído: a vidinha pequena, opaca, prenhe de infindas vaidades, das quais o opúsculo foi o rebento, aliás, portador de severíssima síndrome de Down.

Agora, eis o fato crucial, fatídico: na entidade cultural que se toma como a principal da região, os associados se tratam com pompa e brilho por "prezado confrade"; "digna confreira."

Os céticos nada a respeito dirão. Limitar-se-ão a chupar os caninos, antegozando o gostinho da tentadora carótida das futuras, incautas, bobocas vítimas.

Pois então, direi eu: enquanto as demais ruas do Rio são veladas por almas encantadoras, pastoreadas por pastor mais encantador ainda, as de Campo Grande são veladas por exus. Que lhes garantem a inominável sujidade, tacanhice, feiura, violência. São nossas peripatéticas entidades. Só falta encontrar um poeta que lhes cante o patético peripatetismo.

Daria um doce para ver isso.

As borboletas do Nepal

Um amigo me deu a notícia de que você tinha morrido. Suicidou-se. Sabendo-a pessoa de firmes convicções religiosas, imagino o que isso deve ter-lhe custado.

Lembro-me de você na escola. Feia, desgraciosa, nenhuma atenção nossa despertava. Nos rapazes. Bruxa, assim a chamávamos. Além disso, de costumes rígidos, não se permitia as mesmas liberdades das outras. Assim, via-se preterida, desprezada nas festinhas, nos bailes a tomar chá de cadeira.

O amargor que na adolescência isso lhe deve ter trazido. E depois, com a idade chegando, a solidão, seus pais já mortos, você a vagar pelos cômodos do casarão da Coronel Agostinho.

Ah, o sofrido silêncio das rejeitadas, seu mundo opaco, sombras, espelho embaciado pelo sopro de mil fantasmas.

Na certa tudo se lhe tornou insuportável, e você de tudo resolveu se ausentar. Só que prefiro imaginá-la apenas transformada. Em linda borboleta. Igualzinha à da lenda do jovem príncipe do Nepal.

Conta-se que certa noite, por não encontrar no céu o raio de luz de sua estrela-guia, resolveu subir às alturas, buscá-lo. Para se volatizar, libertar o espírito do peso da carne, cravou no coração afiado punhal de cabo de jade. Do sangue jorrado ganhou os ares uma borboleta que esvoejou por sobre as aldeias, o riso das crianças, a cobiça das mulheres, a inveja dos homens.

Tão grande foi a admiração, que resolveram todos também se volatizar, em borboletas se tornar. Logo um borbotão delas, lindas, amarelas, coloria os bosques de Katmandu, as planuras ao pé das intocadas montanhas, as brancas neves dos altiplanos, os infinitos despenhadeiros.

Assim você também voejará pelas lonjuras de nossa infância, de nossa adolescência. E as tornará plenas da beleza e do encantamento que passarão a povoar nossa vida e nossos sonhos. Como fizeram as delicadas e belas borboletas do Nepal, na aldeia do jovem, belo e morto príncipe.

A ANÃ

Tomava eu prosaico cafezinho no antigo Dib's,
na Viúva Dantas, quando alguém me puxou pelo
braço, sussurrou-me ao ouvido, voz eriçada, de
suburbano agente da Cia:

— Credo, rapaz! Cara de defunto! Passando mal? Qué que aconteceu?

Era o Coaraci, que eu tratava familiar e
carinhosamente de Coara. Mulato, boa-pinta,
convicto macumbeiro, talhado em granito, teme-
bundíssimo. Descontrolado, mais perigoso que
foice em briga de cego. Nutria por mim indisfarçável carinho, consideração. O que não o impediu, sensível como uma prima-dona do Teatro
Rival, de, anos depois, ficar longo tempo sem a
mim se dirigir. Por leve desentendimento.

Mas dizia eu que o bom do Coara se es-
pantou com minha aparência. Acrescento: tinha

cuspida e trágica razão. Mais: eu me sentia branquela ratazana de necrotério, escorraçada e repelente. Pior: dela era fidedigno espelho.

— Qué que aconteceu, cara? — insistiu, a voz triste, dorida. Solidarizava-se comigo, o bom crioulo. Compartilhava meu sofrimento, mesmo não tendo dele a menor ideia. E aqui cabe a pergunta: onde encontrar no mundo amizade de tal jaez? Alguns dirão não ser tão difícil. Direi eu: igual, talvez; superior, jamais.

Vi-me tão comovido que desmoronei. Pus-me em lágrimas, a ele me abracei e, em pleno bar, berrei aos quatro ventos minha dor. Que se resumia à singela pergunta: fazia-se hoje em dia amantes como as de antigamente? Hun? Fazia-se? Eu mesmo respondi: Não! Mil vezes não! E dei o definitivo, irretorquível exemplo: acabava de ser ignobilmente escorraçado pela minha. Pela mais pueril das razões: exigia-me ela fidelidade total, absoluta. "Ou sua mulher ou eu", sua frase fatal.

Ah, saudade da época de nossos avós, a amante naturalíssima, familiar penduricalho, a conviver com a esposa na mais pacata, pafúndica tranquilidade.

Assim abraçados, em lágrimas, permanecemos por longos instantes, até que ele, com amigáveis tapinhas em minhas costas e palavras de encorajamento, conduziu-me ao seu escritório, na Viúva Dantas mesmo, em prédio ao lado da antiga sede do Clube dos Aliados. Sala única, apertada, poucos móveis. Fez-me sentar numa das cadeiras. De insuspeita caixinha tirou longo charuto, acendeu-o, aspergiu sobre mim fedorenta fumaça. Olhos revirados, em língua e trejeitos de preto velho balbuciou palavras em nagô, misturadas a baforadas e baforadas, eu a entontecer, envolto por tão fedidinha fumaça, a ouvir atabaques, cantorias, lamentos.

De repente, dei por mim na rua, somente a aura do fedorzinho do charuto a lembrar-me o acontecido. E, esmaecida, irreal, a carantonha do Coara a repetir, gaguejante, voz de fantasma com lumbago: "Descarrego... feitiço... desmanche... liberto..."

Incréu, num par de semanas tinha eu por esquecido tudo aquilo. E, com o tempo a passar, a dor de amor a por si só mitigar-se, o esquecimento seria completo, não fosse o estranho sonho que meus sonos passou a habitar. Diária e inexoravelmente. Era cerrar os olhos e vinha-me a visão de minúscula casinha em rua afastada do centro. A casinha mais a anã, sua moradora. E seus dois maiores desejos: ter um filho e matar a vizinha da frente.

Assim transcorriam as coisas até o dia em que teve as horas azedadas irremediavelmente. Exato a partir do momento em que a vizinha lhe disse estar grávida. Sozinha, sem ter homem qualquer que um filho lhe fizesse, a anã passou então, além de lhe desejar a morte, a cobiçar também a vida que a outra trazia nas entranhas.

De repente, viu-se sem regras, mamilos intumescidos, vômitos a sufocá-la, estranho volume a aumentar seu minúsculo ventre. Enfim, grávida também se sentiu.

Passou a discutir com a vizinha gostos e desgostos, prazeres e desprazeres, alegrias e tristezas dos nascentes seres. Adivinhava nela, contudo, indisfarçável sarcasmo quanto ao futuro. Parecia à vizinha que o filho dela nasceria disforme, ser ao qual o destino reservava existência idêntica à da mãe: anônima, sofrida, sem qualquer significância. O que só fazia aumentar o rancor da anã. Rancor que mais ainda se lhe aumentava quando a via de braço dado com o marido, a ostentar a cada dia mais volumosa barriga, os pés inchados, o passo miudinho, a caminhar toda tarde com ele pelas ruas.

E também embaraços lhe impunha, à semelhança da vez em que perguntou, em tom falsamente casual, quem era o pai de seu filho. Tratar-se-ia, como ela, também de um anão? Não, não, e contou que toda sua família era normal, somente ela de tão diminuta estatura. Há toda uma geração trabalhavam em circo, como ajudantes de palhaço. Ela, porém, guardada dentro de uma redoma, vestida e penteada como menininha, era exibida como a menor mulher do mundo. Só que, envergonhada e exasperada por se ver daquela forma exposta, um dia fugiu, correu cidades e mais cidades até acabar ali. Foi quando, indo a um circo local, reencontrou antigo companheiro de picadeiro. A ele se entregou.

Mais embaraçada ainda se viu quando, certa tarde, pretextando comparar o desenvolvimento dos que estavam por nascer, despiu-se, pediu-lhe que fizesse o mesmo. Depois examinou-a, de frente e de lado, a ela se comparando. Fê-la deitar-se, olhou-lhe de soslaio as partes, a anã tendo a mais nítida impressão de que, desdenhosa, sorria.

A partir desse dia, obstinou-se em vigiar-lhe e conhecer-lhe todo e qualquer passo. Sabia as horas em que dormia e acordava, suas constâncias e inconstâncias. Foi assim até que, no final da gravidez, o marido dela se ausentou. Então, certa noite, ela gemeu e gemeu e a anã em sua casa entrou, sua carótida cortou, com a mesma navalha sua barriga navalhou, de suas entranhas a criança tirou.

Agora passeava pelas ruas, exibindo aquela criança grande, alva e fresca. Todos lhe faziam mesuras, elogiavam o tamanho, a alvura e o frescor da recém-nascida criatura.

Este o sonho. Só deixou de vir-me no dia em que chegou-me a notícia de que minha ex--amante tinha morrido. Atropelada por desgovernado basculante, na Estrada do Iaraquâ, na qual morava. Dirigia-se à sorveteria da esquina. Ia comprar um picolé. De jaca.

MORIBUNDAS ALMAS

Não fosse a gente daqui, os de Campo Grande, povinho tão ordinário, chulo, mofino para toda espécie de louvação, e tipos como Ney Ayalla e Danimar teriam estátua em praça pública. Digo, depois de mortos.

— Bichinha! — muxoxou Danimar.

Engoliu a saliva, o gogó subiu e desceu. E coçando o dito gogó com o dedão da mão esquerda, em tom peremptório:

— Disso não passava.

Danimar Diniz da Fonseca, o Dedé Bundão, contraditório na morte como tinha sido em vida. Toda ela. A ponto de, soberbo, emproado nariz de gorducha prima-dona, ter tentado passar a perna no próprio Tinhoso. Da mais nefanda maneira, abreviou a chegada de sua hora derradeira: precipitou-a com doses cavalares de barbitúricos. O que de nada lhe valeu, pois, com divina proficiência, sagaz matreirice, o capeta começou as contas a com ele ajustar já no ainda insepulto corpanzil: tornou-o tão descomunal, tão volumoso, que caixão especial teve de ser elaborado. Às pressas, que tinha sido encontrado três dias após o passamento, começava já a emitir fedidinhos, insuportáveis odores. Coube ao Corpo de Bombeiros baixar para a rua, a Domingos do Couto, tão funéreo finado. Tipo rapel do além, pela janela do sétimo andar do edifício de apartamentos.

Aglomeradas na calçada, criancinhas se assustaram, velhotas arregalaram os olhinhos, gemeram penas, sufocaram a aflição com discretos, agoniados, pundonorosos puns.

Vem-me à memória, à perfeição, o dia em que Danimar silabou-me, deliciado, todo pimpão:

— Até os antigos gregos já sabiam.

Encarou-me, à espera da indagação, pergunta que lhe carimbaria irrefutável superioridade sobre mim, o mundo, o rebotalho suburbano.

Grandão, gordão, pantagruélico, calva ensebada, barba ao deus-dará, imodesto cecê, olho esverdeado, o da esquerda, o da direita azulado. Satanás encapsulado: Danimar, o satanás suburbano. O espírito. Dos subúrbios. Campo Grande e os demais.

Visitava-me amiúde, saído do emprego.

Quase toda tarde. Sem prévio aviso, entrava pela casa, aboletava-se no sofá. Minha mulher fazia--lhe sala, aguardava-me chegar, a lhe ouvir as loas e lorotas. Até o dia em que compreendi estar ele de olho nela, calculadas canalhamente suas chegadas antes de mim. Sempre.

Segundos após, sem desviar os olhos, compreendendo que eu não faria a fatal pergunta:

— Repito. Os gregos já sabiam. O quê? Que não passamos de sombras. Todos nós.

— Platão? O mito da caverna?

— E por que não?

A ser assim, teria ele consciência de sua própria alma? A mais plena. Teria já cruzado os limites da caverna labirinto atravessado estreita fétida passagem ou ampla cheirosa acolhedora concavidade rumo à luz ao céu à verdade? Plenas, absolutas. Seu original, conheceria ele já?

Pois eu o dele, sim. Conhecia. Mas o do Ney? Danimar acaso conheceria, saberia? "Bichinha", a face escarninha ostentada sopitada por brutos rudes acanalhados em meio a acanalhadas gargalhadas. Não bastava. A mim. A quem bastaria?

Ney explicava o Ayalla invocando herói da Guerra do Paraguai, desertor pressentida a derrota, fugitivo depois dela. Vagava pelo pampa, a viver quimérica epopeia, falseado Martín Fierro a bordejar a fronteira do Brasil, punhal à cinta, a mão audaz a ostentá-lo num átimo, instante de vida ou morte para algum incauto desafeto.

Ou mudava a cantilena. Ayalla seria ramo de nobres importados para as colônias espanholas, no início da colonização do Paraguai. Tiveram importante papel nas Missões e um deles, dissidente delas, amasiado com índia guarani, ímpio e cruel, foi o tetravô de Ney. Rebelde, com troço de índios rebelados, cruéis como ele, devastou povoados às margens do rio Paraguai. Fixou-se em Caacupé. Lá, em duelo misterioso, em noite de tempestade mais misteriosa ainda, foi tombado punhal insídias de insidioso traidor, índio, vil disputador de sua liderança.

A partir desse ponto, a narrativa se esgarça, e mais esgarçada ainda se põe quando me mostra borrados brasões borrado álbum de fotos, guardado em antiga cristaleira de madeira, duas portinholas de vidro, acostada à parede da saletinha. Onde estamos. Apartamento na Rua Barcelos Domingos. Minúsculo, lá mora ele com a tia. Gordota, pesada senhora, diretora de escola pública, dona de ares fidalgos, olhar altaneiro, insolente. Criou-o, substituiu-lhe pai e mãe, dos quais ele nunca falava. Também mal explicava parentesco com outra velhota, marselhesa, professora de francês no Belisário. À primeira deveu gosto aprendizado canto lírico, balé, a delicadeza gestos, atitudes, talvez o involuntário, inicial adestramento para incipiente bichice. À segunda deveu sua desenvoltura no francês.

Mortas, da primeira ficou com o apartamento, os cursos custeados, o periquito de esti-
mação. Da outra o francês, de cujas aulas passou a viver. E, mais velho, maduro, assumiu a
plenitude da bichice. Cultura, cultivo das artes,
amigos, conhecidos, Municipal, balé, prestígio
crescente Campo Grande. E invisível domínio
mundinho local bichas.

Ney, anjo encapsulado. O espírito. Dos
subúrbios. Campo Grande e os demais. Iria com
Danimar se encontrar. Comporiam o outro? O
espírito maior. Verdadeiro. Teriam dele a face?
A verdadeira?

A descida aos infernos começou quando
Ney foi procurado por efebo diabólica beleza
flor do mal a ele enviada. Por Satanás. Enviada
foi. Versadíssimo no bel canto, Ney dele dava
aulas Academia de Música Dineyar Valente Pla-
za. O efebo lá bateu em busca de recuperação
problema voz estropiada, pescoço ferido. Bala.
Perdida? Em vez de encaminhá-lo para fonoau-
diólogo, Ney, caidíssimo, a ele se dedicou. Com
tamanho afinco que o curou. Mais: voz de con-
tralto deu-lhe, rara, transfigurou-lhe a voz cas-
trato por igual rara. Ainda mais: adotou-o, levou-o para o apartamento, sua vida, o periquito,
a gaiolinha. Ah! Ney! Pobre, pobre Ney. Cevou
a hedionda Hidra. Cevou a medonha Medusa.
Sombras, sombrias sombras, flores do mal, doce
Orfeu você criou, Eurídice você seria.

Ah, Ney!
Pobre Ney!
Seu Orfeu era gago.
Sua Eurídice de serpentina.
Morreu no carnaval,
sufocada em purpurina.
Defunto recolhido
quarta-feira de cinzas,
em torpe, rude esquina.

Influências, prestígio escaninhos da política guindaram-no à direção do Artur Azevedo. Teatro no qual trabalhava Danimar. Teatro testemunha da amizade dos dois, as duas faces do espírito enfim conjuminadas. Seriam? Mesmo, enfim?

Efebo garras afiadas compridas começou coração vísceras alma Ney a dilacerar. Descurava descuidava desprezava concertos importantes marcados. À audiência vital em Portugal, elite do canto lírico, apresentado como fenômeno seria, faltou. Ney para lá embarcou às pressas. O coração em chagas rubras, rubras chagas descobriu amado a se entregar a negões moçambicanos em adega do Alvito, orgias desabridas Satanás em franco agir, enfim a descoberto máscara enfim descaída. Ney, anjo ferido asa partida à beira do precipício pairou, por segundos o céu olhou o brilho da estrela, da estrela partida o cegou e com um grito pelo despenhadeiro despencou.

Ah, lembranças de Danimar, conversas às tardinhas, Mozart, Schubert, Wagner, o festival de Bayreuth, suntuosidades do Parque Lage, que Ney garantia conhecer do tempo da Besanzoni, o solar, fina flor, nata, gentes das gentes.

Vencido seu tempo na direção, deixou o teatro. O apego, não: Danimar, confidente, conhecedor único seus segredos. Outro apego, esse desesperado, desesperador: o efebo. Diabólico. As traições agora sabidas consentidas, tudo tudo contanto que não me abandone não me deixe nunca nunca amor louco amor. Por fim, a fatal vileza, a doença, a grande ceifadora nele inoculada pelo filho de Satã, seu dileto filho, à esquerda da esquerda mão do deus do mal, todo-poderoso. Amém.

Melancólico final: o efebo, dado ao ocultismo, magias, branca, negra, vodu, a guiá-lo a centros, pais de santo entidades baixadas da cura prometedores a peso de ouro oferendas, seus recursos exauridos o apartamento abandonado móveis vendidos o periquito morto fome e sede solitária gaiolinha. Acabado o dinheiro, abandonado, *adiós,* adeus viola.

O consultório do Dr. Gilson ficava na Barcelos Domingos, logo no início, na esquina da rua do Morrinho do Fogo. Era sujeito baixinho, cara de fuinha, médico de malucos, amalucado como eles. Mas bom, dadivoso, amigo de Danimar. Que lhe levou o Ney. Sombra do que tinha sido, alquebrado, mania de suicídio, indefeso, frágil a ponto de caber no oco da mão. Depois de revirá-lo de alto abaixo, o médico concluiu: internação imediata num hospital psiquiátrico. Rabiscou recomendação numa receita, Danimar levou-o ao tal hospital. Da portaria, viu-o afastar-se, passos trôpegos, levado por um enfermeiro, sem sequer despedir-se, sem uma palavra sequer, um olhar, sequer o esboço de um sorriso.

Ao enterro de Danimar, anos depois, três ou quatro pessoas compareceram. Embora advertidas, boquiabertas puseram-se com o descomunal tamanho do defunto. Foi a única lembrança que dele restou.

Enfim, derradeira indagação: uma bicha amalucada e um defunto desmesurado comporão a alma de nosso subúrbio bem-amado? Ou alma alguma existirá, tudo não passará de sonho por tolo sonhador sonhado?

Mélange

O samorim

Triste, o samorim. Cara de velha que torceu a munheca. A languidez dos aveludados coxins era agora sua alegria, fugaz ilusão de distanciar-se do invasor, o fero luso, a boca de mil canhões para o palácio voltadas, a frota matadora na enseada de águas turmalinas pousada, pássaro da morte em enganoso repouso. Breve a bala violentadora saltaria por entre as paredes, estraçalharia os doces reposteiros, tingiria de vermelho a seda vermelha das paredes, e o sonho de mil anos de dinastia se curvaria ante um valor que mais alto se alevantava. Embora fedorento, fedido a bacalhau.

O chinês

A mulher do chinês arranjou um amante.

O chinês pediu a ela que deixasse o sujeito,
que o poupasse de algo tão infamante.
Ela bateu o pezinho não, não e não.
Então, em noite de lua em quarto min-
guante,
com faca serrilhada, com um risinho
cortante,
o chinês decepou o pinto do amante.

Epitáfio

Entre bocetas e borsatos,
nasci, amei, vivi.
Acima de tudo:
sofri.
Agora, dos borsatos
e das bocetas me vinguei:
morri.

Teatrinho

PARENTES
A gente arranjou outro médico.
MARIDO
Mas...
PARENTES
Muito mais competente.
MARIDO
Mas...
PARENTES
Já lhe cortou as mãos, os pés, agora vai
lhe arrancar os dentes.

MARIDO
Mas...
PARENTES
Falta ainda o fígado, o coração...
MARIDO (*corta*)
E as serpentes?
PARENTES
É o que não sai da nossa mente.

A arte de amar
Ela era linda, um mulherão.
Por isso, ele para ela casa montou.
Para prendê-la ao pé de si,
o primeiro filho lhe fez.
Para tê-la ainda mais rendida,
fez-lhe o segundo.
E o terceiro.
O quarto ela perdeu.
Quando quis fazer-lhe o quinto,
ela resistiu.
Ele insistiu e insistiu.
Ela então com a parteira fugiu.

Ulysses ou O descanso do guerreiro
Segunda-feira
De dia, televisão, compras, dinheiro apertado. De noite, televisão, lembrança dos filhos, da mulher, dos amigos, sonhos baldados.
Terça-feira
De dia, televisão, compras, dinheiro

apertado. De noite, televisão, lembrança dos filhos, da mulher, dos amigos, sonhos baldados.

Quarta-feira

De dia, televisão, compras, dinheiro apertado. De noite, televisão, lembranças dos filhos, da mulher, dos amigos, sonhos baldados.

Quinta-feira

De dia, televisão, compras...

A menina do leite

Era um pote cheinho.
Cheinho de leite e de
sonhos.
E Graziela era a dona
do leite.
Mas queria ser a dona
dos sonhos.
Queria, queria, mas tanto
que já nem sonhava:
ela era toda o sonho.
Coitada...
Deu um tropeço — e perdeu o leite.
Abriu os olhos — e perdeu os sonhos.

Agosto

A putinha ao telefone mudo. A tossezinha do velho enfisemático. A figura de meu pai numa camisa de força. O olhar intimidador do crioulo fortudo. Papos, gritos, servidões, a coragem, a covardia, o medo exposto. Ah, este fim de mês de agosto.

A tarde

Esguia, calça jeans levemente desbotada, sandália prateada de meio salto. Parada na esquina do bar. Olhares, insinuações. Afrouxa uma das sandálias, o pezinho esquerdo liberado. Inquieta. Olhares. Celular. Carro com vidro fumê. Ela o pezinho na sandália ajeita, entra no carro. Desaparece. A tarde também.

A mãe

Estava gagá. Por vezes, maltratava-a, chegava a odiá-la, por vezes. Mas quando a viu, depois do derrame, inerme na cama do hospital, seu coração ficou apertado como quê.

Os humildes

Ontem soube que você tinha morrido. Com certeza em casa, amparado pela mão amiga dos filhos, da esposa, pelos olhos dos que o amaram sem mentiras, mistificações.

Morreu com a dignidade dos reis e dos deuses de antigamente.

Ignoro se tinha alguma fé. Dizem que ajuda nesse momento. Muito. Não sei. Prefiro pensar que mais ajuda a crença em nós mesmos.

E essa você a tinha. E por não ter dela consciência, não a ostentava: apenas vivia-a. Em silêncio, resignada, mas firmemente. Como deve ser.

Espantou-me no início sua função aqui no prédio: porteiro, salário mínguadíssimo, idêntico ao meu. Serviço mais humilde ainda, para quem parecia-me capaz de maiores e mais exigentes necessidades.

E jovem: quarenta, quarenta e poucos anos.

Depois fiquei sabendo ser você dono de pequena gráfica, impressos em geral, serviços vários. Vacas magras, a portaria dava-lhe fôlego para tempos melhores. Que vieram. No final do ano.

Lembro-me de você me dizer como trabalhava com computação. Não sabia operar o Pagemaker, programa que gostaria de aprender. Também me falava de excesso de trabalho, azia, gastrite, falta de fome, refeições irregulares, a morte já a rondá-lo, pomba negra a esvoaçar por sobre sua cabeça, aos poucos a descarnar-lhe o corpo já descarnado pela vida, varapau. Sem aviso, solerte.

Daí em diante, a gráfica a sufocá-lo, passou a pagar para que os outros porteiros cobrissem seu horário. Não mais o vi.

Não pude dizer-lhe o que levei anos para descobrir: meu respeito pelos que, em silêncio, pisam mansinho, sem ostentação, trabalham, dão sentido à vida.

Ao contrário, por exemplo, da vaidade dos que se dizem fazedores de arte, literatura, beletristas. Flagelo.

Antonin Artaud, recém saído de uma de suas internações — toxicômano, opiômano, cocainômano, insano, considerado, vítima, cruel, brutal, choques elétricos, brutais, sofrimento, perda memória, *remember* Hemingway — revolucionador do teatro, foi convidado para fazer uma palestra sobre a peste grassante em Marselha.

Teatro lotado, prestígio imenso palestrante. Artaud entra. Palco às escuras. Spot único. Sobre ele. Expectativa. Artaud, silêncio. Expectativa. Maior. Artaud mudo. Ostra. Expectativa insuportável. Artaud, caramujo mudo, não diz palavra, a peste mostra os horrores da peste mudo sofredor pestilento moribundo da peste, peste, de súbito só ela no palco só a pestilência, só, a criatura, oco invólucro, se foi, só restava a criação pura absoluta onipotente, onipresente. Só.

Assim a literatura. Deveria ser. Sem linguagem, grande livro sem palavras. Escritores sem rosto. Somente a magia, o maravilhamento. Mais nada. Nada mais.

Borges dizia que todos os grandes livros já estão escritos. Cabia a nós deles apenas fazer a sinopse. Um cego, no século XX, a repetir o que outro cego, nove séculos antes dele, já havia feito. Dois cegos a nos emprestar alumiação, desvendamento.

O meu grande livro eu já o descobri: é o escrito diariamente pelos humildes, os deserdados. O meu grande livro.

Heitor, à beira da morte pelas mãos de Achiles, pediu-lhe o direito de lutar, de morrer com honra e nobreza, de fazer alguma coisa capaz de torná-lo para sempre lembrado na memória dos homens.

Você, meu amigo morto, sequer saberia de Heitor, Achiles, Homero, Borges, Artaud. Pouco lhe diriam. Mas, ainda assim, à semelhança de Heitor, peço-lhe a graça de poder reverenciá-lo. Não imortalizá-lo na memória dos homens, que para tanto sou ninguém. Mas imortalizá-lo na memória de apenas um. Aquele que se sentiu profundamente honrado em ter com você podido conviver. Embora por exíguo tempo. Ainda assim, o suficiente para dizer-lhe que em minha memória para sempre você viverá.

DANDARA

Não gosto de passar pela pracinha da igreja. Da paróquia de Nossa Senhora do Desterro. Fantasmas. Muitos. Fica no alto de pequeno morrinho, antigamente de terra batida, alguns caminhos ensombrados por avoengas árvores, troncos crispados em fundas rugas, rostos de dorido passado. Almas nelas incorporadas. Importantes: grão-senhores do café; barões da laranja; imperadores da cana-de-açúcar.

Hoje tudo asfaltado, árvores mirradas, troncos sem rosto, esquálidos, impessoais. Raras almas neles incorporadas. Chinfrins: fogueteiros de boca de fumo; milicianos caídos em desgraça; presidentes do Instituto Campo-grandense de Cultura. Também estacionamento para carros vários, dos fiéis e avulsos, com direito ao rosnar de façanhudos flanelinhas. E, com certeza a pedido da própria santa, um cinturão, casulo, grades a envolvê-la, a pracinha e a igreja enclausuradas dentro delas.

Do outro lado da rua, o colégio Belisário dos Santos. Nele estudei. Gostoso chegar de manhãzinha, à espera do horário das aulas, sentar debaixo de uma das árvores. Ou entrar na igreja, esvaziada de beatas depois da missa das oito, acomodar-se num banco discreto. Quedar-se ali, a ler, ou simplesmente perder a alma naquela paz, naquela entranhada proximidade das coisas santas. Certa vez um padre se aproximou, perguntou se eu lia ou rezava. Lia, tinha prova de História. Pediu-me para sair, que ali era lugar para rezar. Somente. Voltei vinte anos depois.

O colégio não funciona mais. Foi vendido. Será demolido para a construção de não sei que shopping, ou novo conjunto residencial. A demolição até que começou, o miolo, sobraram apenas as paredes da fachada, o teto. De tal modo que, visto da pracinha da igreja, tudo parece intacto. Só que a obra parou, dizem que proibida porque o colégio é tombado, nele não se pode mexer.

É bom imaginar que permanecerá intocado, abrigo e mausoléu dos fantasmas de minha adolescência. Por seus corredores, por suas salas, ainda se encontrarão partes minhas, ínfimas parcelas do que fui e do que foram as coisas e pessoas d'antanho, menos assustadoras, num tempo agora cristalizado, imobilizado para sempre dentro de mim.

Estive na pracinha e na igreja há coisa de uma semana. Eram quase dez da noite. Chovia. Ia ao encontro de um amigo, o Prof. Pedro José da Silva. Beatíssimo, mais carola que o milongueiro J.M. Bergoglio, o bom do Pedro tinha fundado a Irmandade São Vicente de Paulo. Favorecedora de pretos e brancos, decentes e indecentes, dignos e indignos, desde que necessitados de fé, esperança e caridade.

Exato o meu problema, com vulgaríssimo acréscimo: *la plata, money*. Necessitava modesta quantia, ajutório para pagar a edição de meu último livrinho, *Dedalus*, publicado pela KBR. Espremi ao máximo meus minguados. Debalde. Defunto maior que o caixão, sempre de fora a cabeça ou o dedão. Último recurso: valer-me das amizades, mais precisamente dele, Pedro. Escritor frustrado, a carreira encerrada depois de entrar na FEUC, curso de filosofia, português, "preciso pensar na mulher, nos filhos, ser escritor é estar na contramão, garante o sonho, não o arroz, muito menos o feijão", acompanhava-me de longe, incentivava-me, sorrisos, encorajamentos. Ou marota inveja?

Liguei-lhe à tarde, ele, solícito, por que não o encontrava na salinha ao lado da sacristia na qual haveria reunião da Irmandade hoje às...

Dei de cara com um porteiro de maus bofes, a porta grande fechada, ele me atendendo pela portinhola lateral, ninguém lá estivera, nada do Prof. Pedro, neca de pitibiriba de reunião, a igreja já fechada depois da missa das oito, não estava vendo eu?

Jururu, dei-lhe as costas, pus-me a descer uma das saídas à esquerda, em direção ao colégio. Lá um dos portões, era só cruzá-lo, ganhar a rua, esquecidas as esperanças, amargor, amargor. O que faço com o *Dedalus,* mais uma ilusão, será que Pedro está tentando abrir meus olhos, mas maneira dolorosa como o diabo, que dizer à Noga, que não vai editar sem receber, nem pode onde já se viu, então, então...

Alvoroço à minha frente, gritinhos, exageros, vozes ataquaradas. São bichas que se expõem à luz dos carros na rua movimentada à frente do colégio, à cata de fregueses.

Uma delas, minúscula saia, sem sutiã, a reluzir sob o farol dos carros, agarrou-se às grades, estirou o corpinho, ergueu a perninha esquerda em pose de Virgínia Lane com curuba, gritou, estrangulado desespero:

— Ai, como é que eu vou trabalhar debaixo dessa baiiita chuva?

Então, de dentro da igreja, a voz da santa, ostensória, reboou:

— Calma, Dandara!

Sobre a bichinha, uma luzinha azul apareceu. Nela, graciosa pombinha branquinha a esvoaçar, saltitante.

Rápido, tornei sobre meus próprios passos, quase a correr procurei a saída oposta, do outro lado da praça.

O rabo entre as pernas, humilhado e ofendido, ganhei a rua, rumei para casa. A chuva tinha amainado, no céu algumas estrelas. Seria outro sinal? Preferia que não. Dolorosíssimos, os anteriores: o de Pedro, a dizer-me para desistir do *Dedalus;* o da santa a dizer-me para desistir da literatura. Detinha eu, assim, a mais inquestionável unanimidade: era renegado pelos homens; era repudiado pelos deuses. Portanto, eu não passava de um blefe. Solene. Tremendo. Sesquipedal.

O chuvisco voltou a recrudescer. Nada para me proteger: nem um guarda-chuva, nem o abrigo de uma marquise. Muito menos u'a divina mão a aspergir sobre mim a inconsútil luz de seu amparo. Em vez disso, sobre minha cabeça pairava uma nuvem preta e, dentro dela, pimpão, todo gabola, esvoaçante, fedorento urubu.

Chegado à casa, deitci-me. Logo. Para minha surpresa, o sono também logo veio. No dia seguinte, assim que abri os olhos, a primeira coisa que vi foi a nuvenzinha preta a aureolar minha cabeça, mefistofélica. E, empoleirado numa cadeira bem diante da cama, os olhos grudados em mim, um pretíssimo, satânico urubu.

Compreendi então que seriam dali em diante compartilhadores de meus menores gestos, meus companheiros e companhia, inseparáveis, *per omnia saecula saeculorum.*

Amém.

História de Índios

Para os índios, os sonhos são a realidade e a realidade os sonhos. Não sabem, ou não querem distingui-los. Essa distinção, para nós tão cara, tem o danoso efeito de nos afastar do maravilhoso, da magia. Pertence ao mundo dos que veem um picolé como um picolé, não como geladinho símbolo fálico. Prefiro eu ficar com os índios e, acredito, ficarão também os que prezam e amam a fantasia, em vez da aridez de uma vida esquálida, decrépita como bandolim de bêbado.

James George Frazer, citado por Borges no *Livro dos sonhos*, menciona os índios *dayako*. Quando um deles sonha que caiu n'água, pede ao pajé que pesque seu espírito com uma rede, coloque-o num recipiente qualquer e o devolva. Menciona também o caso dos *santals*, que contam o acontecido com o sonhador e seu sonho, conforme narro a seguir. Mas, atenção: tomei a liberdade poética de fazer modificações e acréscimos, a fim de retirar da narrativa o distanciamento de seco registro histórico, conforme está em Frazer. Torço para não ter falhado e, falhando, merecer a malquerença do leitor e a justa maldição dos índios.

A morte do murumuxaua

As velhas da tribo choraram e entoaram:
Ai, ai, ai.
No céu vai virar nhambu,
no ar vai virar andorinha.
Na mata vai roubar
as pintas da onça pintada,
os sonhos da doninha.

Os homens:
Nas guerras das sete luas
não mais nosso chefe guerreiro.
Quem vai nos guiar agora
Contra o ódio do inimigo,
tão certeiro?
Ai, ai, que grande tristeza.
É tanta que nosso pranto
virou rio de correnteza,
fundo e traiçoeiro.

As crianças:
Lá se vai nosso parceiro,

companheiro de folguedo.
De perseguir o vento nas tocas,
nos altos do arvoredo.

O sonho

O murumuxaua foi dormir, sonhou e sua alma se transformou numa lagartixa zarolha. Ele sentiu enorme sede. A lagartixa zarolha sentiu sede igual. Ou maior. Deixou então o corpo e na mata pôs-se a procurar o que beber. Anda que anda, topou com uma moringuinha cheia da água mais fresquinha. Começou a beber, mas a sede era tanta que ela entrou na moringa para sorver a água todinha. Foi quando o dono da moringa apareceu, tampou-a. Com a alma presa, sem encontrar nenhum jeito de recuperá-la, o murumuxaua foi ficando triste, mas tão triste que de tristeza morreu.

O enterro

A velha índia carpideira carpiu,
as índias moças uma lágrima enxugaram,
o vento na copa das árvores bramiu.

Os homens trouxeram o cadáver. Estava pintado, as cores do arco-íris em seu rosto, no corpo. Depositaram-no ao pé de enorme vaso de barro. Dentro dele o colocariam. Ali deveria esperar a hora de despertar. Ao seu lado, poriam as coisas que mais amava — o casco de um jaboti, um papagaio, um mico de cara enrugada — e as de que mais necessitava: o cocar, o arco, as flechas, a borduna, a mais velha de suas esposas.

Ela, a que devia morrer, pusera-se junto ao cadáver. Acocorada, os olhos revirados, murmúrios, aguardava o golpe. Fatal. Aquele que o desferiria estava às suas costas. Segurava enorme borduna. Esperava o sinal do pajé, em transe, em dança ritual em torno deles. De súbito, o pajé se deteve, olhou para o céu. Nele, um pássaro. Azulado, grandão, em largos círculos pairava. Logo depois, desceu e desceu, justo na direção do morto. Toda a tribo também olhou o pássaro azulão, que, a poucos metros do corpo, de repente, como tinha aparecido, num estrondo desapareceu. Então o murumuxaua gemeu "ai", e se ergueu, ressuscitado. Todos gritaram de júbilo e, carinhosos, puseram-se a abraçá-lo. Logo, porém, silenciaram, desejosos de ouvir dele o que tinha acontecido.

A mentirinha
Com pudor, vergonha de sua alma ter--se perdido, ainda mais como horrenda lagartixa zarolha, inventou que em busca d'água tinha caído num poço. Seu espírito, com ele caído, atrapalhou-se para voltar. Só conseguiu quando já estava a ponto de ser enterrado.

Com isso, todos se satisfizeram.

Menos ele. Para evitar que a abjeta lagartixa de sua alma outra vez se apossasse, jurou nunca mais sonhar.

A verdade

Desesperada já estava a lagartixinha, presa na moringuinha. Sabia que ao corpo do murumuxaua devia voltar, mas como daquela prisão se libertar? Luta que luta, adivinhada a morte dele, ela também se sentia morrer. Foi quando alguém abriu a tampa. Mais que depressa, correu, viu-se de novo na mata. Mas perdida estava. O que fazer? Voltas e voltas pôs-se a dar, embora sabendo que não saía do mesmo lugar. Exausta, à sombra de uma árvore procurou descansar.

— Que faz você aqui?

A lagartixa, de susto, quase se borrou.

— Sabe que posso devorá-la?

Ela desmoronou, esfregou as patinhas, numa agonia, começou a chorar, bezerro desmamado, neném grandão, peidorreiro e chato.

— Para com isso!

A voz era rascante, tão forte que ela engoliu os soluços. Foi então que olhou para cima, viu no alto da árvore o pássaro mais lindo do mundo, elegantérrimo, azulão, penacho mais clarinho, olhos faiscantes, de defunto embriagado, grudados nela.

— Ainda não me respondeu.

— Hein?

— O que faz aqui?

— Eu... eu...

— Então?

De novo "eu, eu".

— Ou me responde ou...

Abriu as asas, tremeu o bico, era agora um apavorante fantasma da ópera, pronto a se lançar sobre ela. A pobre da lagartixa zarolha zarolhou, em catadupa contou sua história. Terminou aos prantos, confessando seu imorredouro amor pelo murumuxaua e de como um frango depenado se sentia, sem poder fazer nada diante de situação tão grave, a ponto de...

— Posso ajudar!

A lagartixa engoliu em seco.

—Te ensino o caminho, distraio a tribo, você entra no corpo, ele ressuscita.

— Ai! — e a lagartixa cambaleou, levou a patinha ao coração.

— Que foi?

Ela, revirando os olhinhos:

— Uma tontura... uma emoção... o mundo todo se...

— Frescura! Já disse: ajudo. Mas quero troca.

Explicou: desejava ter um sonhador só para si. Assim, depois de voltar ao corpo do murumuxaua, a lagartixa jamais retornaria a seus sonhos. Só ela faria isso. Sempre. A lagartixa, com o coração destroçado, mas sabendo que dela dependia a vida de seu bem-amado, concordou. A ave pegou-a pelo bico, deixou-a na entrada da aldeia, ganhou os ares, lá do alto chamou a atenção de todos, enquanto a lagartixa, mais que depressa, retornava ao corpo, o murumuxaua ressuscitava.

Trato cumprido, a águia deu um sorrisinho que só as águias sabem dar, imaginando as delícias que sentiria quando, ainda aquela noite, do sonho do murumuxaua se apossasse. Com ele voaria pelas alturas, pelas planuras, pelos desfiladeiros, mostraria as trilhas das andorinhas, o ninho das aves marinhas, o azul do mar no canto dos marinheiros.

Tudo isso ele teria. Bastava que sonhasse. Ela esperaria.

André ou O circo dos sonhos

Aquela noite, sonhou de novo. Com o Gran Circo Irmãos Marzullo. E com o amestrador de focas invisíveis: Bertoldo. Chamavam-se elas, as focas: Orion, Apus e Cetus. Nomes de constelações. Dados por ele, não pelo sujeitinho. Uma toupeira, o tal. Incapaz de ler um simples almanaque. De onde, aliás, ele tirou os nomes Coluna de Astrologia, assinada por Madame Rosaura Pujol. Na página com o grande anúncio do Sabonete Eucalol. Fácil, fácil. Bastava procurar. Mas que jeito, o tal?

Alegrinhas as focas, saltitantes — pererecas na frigideira —, adoram subir os degraus do estradinho no meio do picadeiro. Deleite vê-las equilibrar-se na plataforma, ladrar latidos rou-

quenhos, bater desengonçadas palminhas coto-
cos de nadadeiras. E se empanturrar sardinhas
Coqueiro, no azeite ou no molho de tomate. Que
ele, entrado no sonho, tira direto da latinha, esti-
ca para elas. Braço esquerdo, indicador e polegar
em pinça. Milimétrica.

Mas baba-se mesmo é com o circo de
pulgas da Alzira Foster. Alzirinha, bundudi-
nha, perna grossa, fina cinturinha. Meticulosa,
sedutora safadinha. Distribui à plateia tocas de
plástico. "Proteção necessárrria", solene, avisa.
Arranha de propósito os erres, a linguinha tre-
melica, ar de aputanhada francesinha, os cabelos em cachos lourinhos caídos na testa, sorriso
alvar, beiços rubros, rubros tão, ah! vontade de
morder. "Necessárrria muito", ela desmaia a voz.
Ele, ao fim do terceiro erre, os pelinhos do braço
a se arrepiar. Todinhos.

O show: a pulga-bomba acomoda-se
dentro do canhãozinho. Alzirinha acende o fós-
foro. Gata caprichosa antes do bote, lentidão ca-
prichada, aproxima a chama do pavio. Acende-
-o. Frisson na plateia. Pum! Fumacinha. A pulga
esvoaça, dá três cambalhotas. Redinha de caçar
borboletas em riste, Alzirinha pesca-a. No ar.
Ulula a plateia.

Plissado, o saiotinho dela. Branco cinti-
lante. Paetês dourados rebrilham a cada movimento, realçam as coxas em pelo, sem meias,
que ela alisa, esfregação de óleo, o brilho exces-
sivo tirado com guardanapinhos de papel azu-

lado, cheirados por ele, guardados no bolsinho do pijama de zebrinha lavado passado no maior capricho pela tia, velha tia, que o vê acordar, estremunhado, e, sôfrega, vozinha de coruja com frio:

— O sonho?

Ele raspa a garganta.

— O mesmo?

Ele grunhe.

— De novo?

Ele, em catadupa:

— A ingrata, minha paixão, gosta mesmo do outro. O das focas. Maldito! Maldito seja! — esmurra as cobertas, em revolta de fazer medo.

Ela torce as mãozinhas:

— Doidera, André! Magina! Um sonho!

Esmurra agora a parede até o dedinho ficar roxo. Ela dá um gemidinho, dispara para a cozinha.

Mais tarde, desabafa com a vizinha:

— Dá pra aguentar? Diz. Dá?

— Ah, minha filha. Você não tem obrigação nenhuma. Por que carregar essa cruz?

A tia, de nome Rosaura, Rosa para os íntimos, gira os olhinhos, leva a mão ao peito. Palpitação. Num fio de voz:

— Deixar na rua? Não tem mais ninguém. Só eu — repete, tentando convencer o mundo: — Só eu. E Deus.

— Então deixa com Deus. Quem sabe cura ele da bebida?

O vício. Acabava com ele, dias e dias sumido, encontradiço nas sarjetas, a cabecear, tonta barata. Rosa suspira, abaixa os olhos, procura migalhas no assoalho. Do pão que ele mordiscou, deixou pela metade.

Solteirona, garantia-lhe casa, comida, roupa lavada. Pena? Pura pena? Ou prazer, escondida, disfarçada paixão? Pensar e perdia o fôlego. Cabeça pendida, mirava o vazio.

O pai dele. A primeira vez que o viu, já amancebadinhos, ele e a irmã. Alto, grandão, mulato, fuzileiro naval. Nossa! Aquela túnica vermelha, o bibico branco, lacinho preto na ponta detrás. Tentação.

Do amancebamento restou a morte. Dos dois. Acidente de carro. E as desatinadas desavenças, resmungos, o sofrer sem fim. Mais o rapazinho criado pela avó, mãe dele, no interior. Até o dia em que, já taludão, veio lhe bater à porta. Lembrava o pai, mas desassisado pela bebida: a ver morcegos no teto, baratas no cocuruto, ouvir cocoricós dentro da geladeira.

Num temor, ela esperou por ele até de noitinha. André não voltou. Ela guardou no forno a marmitinha de alumínio com a janta. Envolta num guardanapo. Sabia que no dia seguinte jogaria tudo fora. Azedado. Não botava na geladeira, que ele não gostava. Sempre pedia.

Deitou-se cedo. Revolveu-se na cama, no peito uma aflição, as batidinhas do coração a ponto de parar. Cada vez mais a pensar naquilo.

Desejar? Seria uma bênção se ele de todo parasse? Ah! temia tanto a solidão. Dos defuntos! Tão desamparados, tão. A face da mãe, as feições do pai. Mas, a ser assim, por que Nosso Santíssimo Criador tinha como certo aquele o destino para todos nós? Hun? Recompensa? Ela, da existência o que tinha recebido? Tudo miudinho, apagado. Sem família, filhos, um só amor, baldado; a casinha na Viúva Dantas, herança do pai, também a pensãozinha miúda, de terceiro sargento do exército. Aquilo, Deus meu? E André. Aquele peso. Mil vezes a Cremilda. Um bando de filhos, a vizinha, marido implicante, brigão, mas viço no rosto, benquistos alvoroços. Deus, o que pensar? Quê?

Na noite seguinte, sentiu o mesmo sobressalto, desassossego, respiração opressa, sono só quando o dia já clareava.

Na terceira noite, sonhou. Com um circo. Enorme de grande. Tão grande que nele cabiam todos os seus sonhos. Todinhos. Em meio a miríades de luzes, panteras de pelo dourado, puro ouro; tigres; leões de feras jubas, atroante, ensurdecedor rugido; hienas esguias, dentuças, de penugem afumaçada e diabólico risinho. Tanta fantasia. A ponto de sufocar. E as focas. A mais novinha, de nome esquisito, Cetus, a mais engraçadinha. Rebolava-se, erguia-se, batia palminhas com o arremedo de bracinhos. E sorria. Muito.

André só voltou uma semana depois.

Sujo, quase inconsciente. Ela lhe deu banho, fez-
-lhe a barba, vestiu-lhe o recém passado pijama
de zebrinha. Dormiu quase dois dias. Acordado,
ela lhe serviu café, leite separado — não gostava de misturar — pão quentinho com manteiga.
No café, veneno para ratos, comprado de um ca-
melô com banca na Rodoviária. Ele bebeu uma
xícara inteirinha. Repetiu. No meio da segunda,
tremelicou, crispou o rosto, em agonia, num desamparo, olhou para ela. Que lhe sorriu. Permaneceram assim, ela beatífica, ele olhos arregalados, o corpo meio erguido, até estrebuchar sobre
a mesa, a entornar o bule de café, o pratinho com
o pão amanteigado a se espatifar no chão.

Quando se aquietou, ela pegou os cacos
do pratinho, ajeitou-os sobre a mesa, limpou
o chão. Sem olhar para o corpo, tomou o resto do café. Foi para o quarto, acomodou-se na
cama, leve sorriso a iluminar-lhe o rosto. Pôs-
-se a aguardar. Sabia que sua hora logo chegaria.
Sabia também que logo com ele de novo se en-
contraria. No sonho. Juntos, de mãos dadas, ca-
minhariam pelo circo, sob as luzes, no meio do
povo, dos bichos. Ele seria um mágico, de fraque
e cartola. Ela o ensinaria a roubar o coelho da
cartola dos outros mágicos e eles ririam e ririam.
E seriam enfim felizes.

O RATO

Noite. Amodorrava. Foi quando entrou-me no quarto. Ganhou o espaldar da cama. Pelo lado esquerdo. Subiu por ele, pôs-se quase a roçar-me a orelha. A esquerda.

Cinzento, não grande. Também não pequeno. Médio? Mas como, ao fim e ao cabo, se mede o tamanho de um rato? Centímetros? Milímetros?

O pavor. Não contará? Como se mensurará? Dele. Ambivalências. O nosso por ele. O dele por nós.

Que de fato terá sentido Winston, do *1984*, cara presa gaiola, ratazana faminta dentro gaiola devorar sua cara prestes estar a? E o peladão preso torturado Inquisição gaiola atada ao fiofó, ratinho bonitinho cheirosinho nela solto por onde entrará sairá dito ratinho cheirosinho bonitinho?

Devorada cara Winston, devorará a carantonha do Grande Irmão a ratazana devoradora? Apavorada ficará? Tremerá? O ratinho bonitinho cheirosinho Inquisição borrar-se-á iminência virar churrasquinho pelas mãos capuchinho gorduchinho pimpão, todo pimpão dar graças ao louvado bem-amado Senhor alma danada amaldiçoado cristão novo assassino de seu divino Filho bem-amado estar ao lado do Tinhoso queimando eternamente já?

Tentei matá-lo. Ah, tentei. Macetá-lo bem macetado, com o martelo revirado, na horizontal, área maior para macetar, sim, senhor, que a perpendicular ponta pontuda. Ele foge, esconde-se. Inquieto-me. Que rato será esse que assim me desassisa, que me inquieta como se rato não fosse?

Se rato não é,
que será esse rato
que não é rato,
que me causa
tamanho incômodo, embaraço,
que me invade o sono
com a força de um balaço?

Acabo dormitando. Ele entocado, encoberto por uma fileira de livros, junto à parede: o *Quixote*; três volumes da *Comédia Humana*, de Balzac; *Ficções*, de Borges; o 1º volume da

História da Literatura Ocidental, de Otto Maria Carpeaux; *Gritos e Sussurros*, roteiros de filmes de Bergman; *Origens da Bruxaria Moderna*, de Ann Moura; e *Toute la Culture Physique*, de Marcel Rouet, da Éditions Amphora.

Duas ou três horas depois, abro os olhos. Estremunhado, viro-me na direção dos livros. Vejo-o, o corpo, roliço, a barriga acinzentada, estirado entre Carpeaux e Bergman. Passos de veludo, aveludados passos de felino, martelo na mão, acerco-me. Ele abre os olhos, arregalados apavorados olhões pressente o golpe, esgueira--se por trás do *Tratado de Bruxaria*. Acerto-o firo-o ferido ele se volta expõe a cabeça que maceto e maceto. A capa dura azulada do segundo volume da *Comédia Humana* turva-se: sangue, miolos. Exausto, volto a dormir.

Nem bem o dia clareia, batidas à porta da frente. Agoniadas. Despertam-me. O vizinho do andar de cima reclama-me o roubo. Do rato que lhe povoava os sonhos. Num desconcerto. Berros. Possesso. Acercam-se outros vizinhos. E outros e mais outros. Engrossam-se no corredor, magote, aos gemidos, a lamentar idêntica perda, carpideiras a carpir a mesma pena.

Sorrio. Olímpico, digo-lhes rato do sonho nunca existir. Existem, sim, restos rato real morto macetado em meu quarto. Não sonho. Não mais. Realidade: miolos, acinzentada pele rubra ensanguentada.

Espanto meu, absoluto espanto meu: recusam-se a acreditar. Seu rato, seu sonho morto não pode estar. Avançam sobre mim, tentam me esganar. A custo cerro a porta.

A prova, o corpo nojento, queiram ou não, lhes levarei. Resoluto, na cozinha, muno--me: pazinha, vassoura, ah!, os nojentos restos em bandeja de prata! A realidade. A mais crua.

Passos firmes, caminho em direção ao quarto. Súbito, estaco. E se for verdade? Quero dizer, o que alegam. Não passarei então de re-les destruidor: ilusões, mentiras, equívocos. Seu maná, seu mais puro néctar! Viverão sem ele? Como encarar o horror do nascer, do morrer, sem entremeá-lo de quimeras, devaneios, delei-tes?

Ah! Vã pretensão. Minha. Moisés subur-bano, as Tábuas da Lei debaixo do sovaco a de-blaterar contra poderosíssimo Moloch campo--grandense: um rato!

Anátema. Anatematizado serei. Mais: quem poderá garantir que não encontrarei *A Co-média Humana* hígida, limpa, nada a conspurcá--la, a morte do rato para mim também fruto de quimera, mero sonho?

Lasso, os passos débeis, entro no quarto.

O VELHO E O MENINO

A aldeia, infensa a estranhos e novidades, não viu com bons olhos a chegada do velho e do menino. De certa forma, vinham comprometer, com sua presença, a intocabilidade de suas vidas. Por esta razão, trataram-nos, primeiro, com desdém, depois com franca hostilidade, quando souberam que não estavam apenas de passagem, o velho pretendendo se assentar por ali.

Dúvidas, então, perpassaram o espírito de todos: se a aldeia era pequena, sem qualquer espécie de atrativos, seca e estéril a terra, poucas e raras casas e ruas, por que nela o velho tencionava se fixar? Mais ainda: o que pretenderia ele para o menino, com pouco mais de 9 ou 10 anos, se todos os meninos da aldeia, como os velhos, a ela se amoldavam, sem ambições que lhes pudessem alterar a imutabilidade da existência?

Apesar da resistência, do mal-estar que ninguém disfarçava, o velho insistiu em na aldeia permanecer. Acabou por nela comprar minúscula casinhola, na esquina da rua principal. Era local desprezado, há anos esvaziado de moradores, os habitantes da aldeia a imaginá-lo abrigo e valhacouto de anjos, arcanjos, fantasmas, duendes que lhes prescreviam o passado e o futuro, mas que, por isso mesmo, era por eles considerado amaldiçoado.

E ali, entre anjos, arcanjos, duendes e fantasmas o velho e o menino se instalaram. Traziam pouca bagagem: talvez a alma, uma e outra exigência física, mas, acima de tudo, o inefável desejo de existir, embora incômodos, embora por todos os aldeões incorporados às etéreas e vagas imagens às quais a casa dava abrigo. Em pouco, tornaram-se, para os aldeões, dela apenas um apodo, acréscimo ao qual prestavam a mesma atenção que se presta à sequência das horas, à alternância das estações, ao pôr ou nascer do sol.

Assim, à aldeia incorporados, nela o velho e o menino passaram a existir. Mas era existência vaga, etérea, tão vaga e etérea quanto a presença dos fantasmas, anjos, arcanjos e duendes atribuída pelos aldeões à casinhola. Isso queria dizer que não se imiscuíam nos parcos negócios da aldeia, nem de longe se envolviam nas raras discussões em torno da colheita, do mais azado momento para o plantio, para a irrigação ou aragem do solo.

Era alto o velho, de rijas carnes, a rijeza a lhe acentuar as rugas da testa, o vinco em torno da boca, o nariz, adunco, a lhe compensar a calva, o perfil a se compor pelos cabelos, ralos, que ainda lhe cobriam as cãs e a nuca. O rosto, ferruginoso, pouco se abria em qualquer expressão, e da voz, na aldeia, quase ninguém lhe tinha ouvido a rouquidão, a pastosidade que tornava incompreensíveis as palavras, inaudíveis os haustos. Pouco saía e, nas poucas vezes em que se atrevia a fazê-lo, perdia-se em voltas e voltas em torno da casinhola, à semelhança de alguém que busca algo inexistente, mas que, ainda assim, se empenha na inutilidade da busca, como se ela fosse o mais útil dos fazeres.

Quanto ao menino, era belo como um deus, tendo mesmo dos deuses a intranquilidade, a fogosidade, a inutilidade de um existir que se propunha a redimir (assim pensavam os aldeões) pecados e faltas que na aldeia (segundo também pensavam) não existiam.

Eram as noites que maior prazer traziam ao velho. Sonhava ele, sempre e invariavelmente, com grande e belo corcel branco, a correr por grandes e brancas pradarias, a aspergir por sobre elas força e liberdade, liberdade e força das quais o velho sabia não mais dispor, mas que lhe retornavam — uma compensação — com a repetitiva e invariável visão do corcel, a lhe povoar não apenas os sonhos, mas a onírica realidade que o acompanhava, desperto, por cada hora dos dias.

Pelas visões do velho, marcado transcorreu o tempo. O menino — jovem deus — encorpou-se, era agora surpreendido por interesses diversos, a se deixar ver, muita vez, compartilhando os vagares com jovem a ele idêntica — também ela uma deusa — a percorrer as ruas e os prados da aldeia. Quedavam-se por eles a colher flores, outonais ou precoces, a se deitar por sob as árvores, a se deixar cobrir por miríades de folhas.

Até que, certa noite de tardio sonho, o menino do velho se aproximou e, a voz calma e pausada, disse que tencionava deixá-lo, da aldeia partir, o lugar pequeno em demasia para lhe apascentar crescentes insatisfações, anseios. O velho nada replicou. Deixou que ele terminasse de falar, deitou-se, esperou que o menino fizesse o mesmo. Depois, a noite a meio, certo do sono do menino, ergueu-se, de sua cama se aproximou, com o travesseiro sufocou-o, encantou-o para que ele, agora para sempre a seu lado, passasse a habitar-lhe os sonhos, a compartilhá-los com o grande e belo e branco corcel.

Só que nem naquela noite nem nas seguintes noites o sonho lhe voltou. Imaginou o velho que o menino se sentisse muito só, o corcel não lhe bastando como companheiro e companhia. Por isso, em tarde ventosa, mas de estranha, insuspeita calmaria, nas águas do riacho que ladeava a aldeia, afogou a garota que ao menino sempre acompanhava, encantando-a para que ela, também encantada, ao menino servisse de companheira e companhia.

Naquela mesma noite, o sonho lhe voltou, o velho, prazeroso, a rever o corcel, a pradaria, o menino, a menina, os anjos, os arcanjos, os duendes, os fantasmas, os deuses, que, novamente e sempre, voltaram a povoá-lo, a tal ponto que, adormecido, poder-se-ia dizer que fugidio mas preciso sorriso lhe inundava a envelhecida face.

Os diabinhos

Sentou-se na cama, cutucou a mulher e, dramático:

— A partir de hoje não durmo mais!

Ela, estremunhada:

— Meu Deus! De novo com essa lenga-lenga, Agenor?!

— Caio duro, morro, mas não durmo, tás ouvindo?

— Não dorme e também não me deixa dormir?! Ora, tenha a santa paciência, vá!

E Elvira deu-lhe as costas, num repelão, com a desfaçatez que só um casamento de mais de vinte anos permite.

Agenor suspirou fundo, vendo-lhe os papelotes, as dobrinhas da nuca. Suspirou mais fundo ainda, grudou os olhos no teto, assim passou o resto da noite, jururu como o mais jururu dos penitentes.

O beijo

Shopping Cantagalo. Elvira e uma amiga, Margot. Poetisa, ex-presidente do Instituto Campo-grandense de Cultura. Assim que se sentaram para um cafezinho, Elvira:

— Juro que boto chumbinho no frango refogado dele. Juro, viu?

— De quem você está falando, criatura?

— Ora, do Agenor! Quem mais?

Cara de defunto de opereta, amulatado, babão, o que é que Elvira tinha visto nele, meu Deus? Ela, quando nova um mulherão. E ainda hoje...

— Ele te traiu?

— Hein?

— Arranjou outra?

— Quem?

— O Agenor.

— Aquele peixe morto?

— Ele.

— Duvideodó.

Colegas de escola, quando novinhas. Alvoroçados abraços. Uma vez, em excursão à Agronomia, voltaram já noite, no ônibus as duas na mesma poltrona. Trocaram beijos. Margot jamais esqueceu. E Elvira?

— Certeza?

— Do quê?

— O Agenor... a outra...

Elvira quase se engasgou com o café:

— Ora, pelo amor de Deus...

— Ele agora é famoso.

— O Agenor?!

— Está na Amazon...

— Mas...

— ...caiu na boca do povo.

— Você está falando do último livro dele?

— O mais importante. Os outros não contam.

— Aquele sobre o tal Dr. Saul Rabelo Trancoso?

Vanglória para Agenor imitar Machado de Assis, ele ave de voo baixo, nunca passara de mero beletrista. Até que de supetão emplumou-se, voo de águia, apareceu com livro decentíssimo, rasgos inovadores, ah, milagres existem?, enquanto ela, interminável mourejar, poesias, contos, nenhum estalo, oh, que raiva, havia justiça naquilo? Havia?

— Por pensa essas coisas do Agenor?

Elvira mordiscava uma rosquinha, o amanteigado besuntava-lhe os lábios. Era tão... tão...

— Acha que ele tem mesmo outra?

Vontade de inventar romances, aventuras cabeludérrimas, inquietá-la, roubar-lhe o sossegadão insosso amor paixão pelo Agenor, que teias teceria ele para tão bem atá-la?

— Se está mesmo tão famoso assim como você diz... então... quer dizer... pode muito bem ser que...

Margot sorriu, com a ponta dos dedos

tocou-lhe o dorso da mão, sentiu-lhe a pele, a quentura, mais afoita enlaçou-lhe inteira a mão delicado peito de rola pulsante num impulso alcançou-lhe o rosto aquietou-o entre as palmas das mãos, ambas, beijou-a. Elvira resistiu, tentou, Margot insistiu, Elvira por fim foi-se aquietando, cedeu, correspondeu.

Ficaram alguns instantes assim, arfantes ardentes, até que Elvira, num repelão, ergueu-se, murmurou surdo "Ai, Jesus!", saiu correndo.

Margot acompanhou-a com os olhos, nos lábios o mais triunfante, o mais safado dos sorrisos.

O amigo

Agenor entrou, deixou-se cair na poltrona e, a voz quebrada, em desespero:

— Não guento mais, Crispim! Não guento, viu?

Crispim mal olhou para ele, já de cor e salteado as olheiras, o ar de cansaço, de cor e salteado também a chateação já tudo isso adivinhado de cor e salteado.

Nove da manhã, ele sufocado de trabalho e Agenor de novo ali. Há duas semanas, todo santo dia. Xaropada. O mesmo xarope caldeado azedado, o mesmo. Ora, ora que havia amizades e amizades. As que pesavam mais pesadas que o madeiro do Cristo seriam o quê?

Além disso, em se tratando do velhote do

Agenor dava mesmo para falar em amizade? No passado, conhecidos de vista, *no más, solamente.* Só há coisa de um ano, um ano e pouco, Crispim, dono e mentor do principal escritório de contabilidade de Campo Grande, o velhote despencou do céu direto em seu colo. Trazia debaixo do braço demanda fiscal qualquer. Resolvida, ele agora com a maior desenvoltura aboletava--se ali no escritório e eram horas e horas de uma prosopopeia gabolice sensaborã de ele para ele invariavelmente sempre ele o assunto principal. Quem mais, poço de vaidade fundo poço que era?

Parece até que a poltrona episcopal papal do professoral senhorial senhor professor Agenor de Melo Cafezeira no meio da sala já lhe pertencia era dele posse ele dela eterno enfiteuta, ela a lhe abrigar as chupadas nádegas a lhe acolher o miserabundo fiofó.

Até que quando Agenor não aparecia Crispim se punha de olhar comprido para ela. Só que olhar de peixe-boi com halitose, que não era conveniente demonstrar debilidades o astuto velhote insidioso que era num átimo delas se aproveitaria. Aliás, quem garantiria não estar já aproveitado? Quer dizer, para as caras esperadas nas estátuas rendedoras das devidas homenagens *post mortem* que lhe seriam prestadas. Somente estátuas, frise-se, que em simples nome de rua ele não estava interessado não senhor, muito obrigado, assim como também de praças. A lastimar as ditas estaltas não lhe poderem captar a basta cabeleira pixaim de neve, as sobrancelhas também idem branca neve, o ar melindroso airoso sestroso de bicha medieval em pecabundos shabats. Lástima.

E ali estava o Agenor a olhar para ele, olhar-de-não-me-viu-chegar não reparou meu lastimoso aspecto meu aspecto lastimoso de indormido e...

E Crispim reassumiu o contrito ar de sempre, o surrado papel na decorada melódia. Suspirou, deu a deixa:

— Eles?

E o bordado seguiu segundo o figurado:

— Eles.

— De novo?

— De novo.

— Essa noite?

— E olha que eu só cochilei. De madrugadinha. Bem de leve.

— Hun...

Assim findava-se a primeira parte. A segunda viria da sequência de cinco, seis sentenciosas sentenças. Agenor à sua frente aguardava. Crispim mudo, mudo continuou, que tais leros e lorotas não mais o satisfaziam.

Agenor a testa crispada de ânsia: "Ah, por que quer agora omitir-se?"

Sorriu o Crispim. Melindrava-se Agenor. Que outros melindres teria? Teve, quando soube da boa da velhota Elvira, digna dona Elvira aos beijos com outra velhota no shopping? Se estivessem agora ambas em esfregação de quentinhas molhadinhas pudendas ele também teria, melindrar-se-ia?

Grande hipócrita. Tinha as respostas e ainda por cima fazia as perguntas, ocupava-se e a outrem ocupava a troco do quê? Comiseração? Cumplicidade, o que procurava, isto sim o que desejava. Uma vela a deus outra ao diabo. Só que agora adeus viola. Com ele, Crispim, não mais. Que se houvesse Agenor com os diabinhos.

Os impacientes diabinhos a lhe ensombrar os sonhos. Não mais que três em número mas multidão em aflições causadas e por causar que ele as merecia todinhas ao isentar-se de escrúpulos passados e futuros e canalha a mais ainda acanalhar-se ao fazer de seu labor alheio, a gatunagem a lhe valer glória e gloríolas, mas a ter a alma como butim, que agora lhe vinham cobrar.

Nem bem isso pensado,
os diabinhos apareceram
e cercaram o Agenor,
que olhava para eles
de olhão esbugalhado.
Com estro divinal,
puseram-se a cantar
canto de cobra coral:
laraiá lalá larari-á-á

São ou não são iguais
um ladrão de galinha
e um ladrão de originais?
Laraiá lalá laraiá.

No último laraiá Agenor esbugalhou de vez. Varou pela porta, sumiu corredor afora.

Seguiu-o o riso grosso do Crispim, o fino gargalhar dos diabinhos. E também a imagem dele por Crispim figurada: alta madrugada, insone, tomado por uma canseira, em sofrimento de dar dó, um defunto com caganeira.

Ao seu lado, Elvira, meio sorriso, a sonhar com Margot. Tem as entrecoxas orvalhadas, a pereroca molhada, na alma o anseio por novo beijo, novo mundo, diferente muito daquele até hoje ofertado pelo estranho que lhe compartilha o leito, o coração para ele agora fechado, trancado dentro do peito.

O ELEFANTE, NÍNIVE E O
PALÁCIO DE SENAQUERIBE

Icaraí. Niterói. Baita choque cultural. Muito diferente de Campo Grande. Limpinhas as ruas. Bonitinhas as gentes, bem vestidinhas, bem postas.

Na ida para lá, uma faca no coração. Cravada. Bem fundo. Lesta, a mocinha, assim que me vê, ergue-se — o ônibus nem tão cheio —, "o senhor não quer sentar?", dela o sorriso, fel a gelar-me as entranhas. Esgar entredentes, pungido, arrio-me na poltrona saco de estopa murcho jururu.

"O inferno são os outros", a outra frase que me verruma. Como parecerei a ela, de que outras variadas fragilidades serei o detentor o merecedor de atenções e... o elefante era enorme grande grande como os meus sonhos, eu criança a arregalar-me hoje tem marmelada, o palhaço, o cirquinho, que me importavam? Importava-me ele, seu tamanhão, os olhinhos, o enrugado rendilhado da pele a tromba, animal que dele crescia, vida própria tinha ela, ah! a placidez ao comer, uma correntinha de nada presa ao chão por um grampo de ferro na terra e na pata traseira, vontade de sussurrar-lhe "foge, foge seu bobo, vai de novo pras tuas terras infinitas, uma correntinha de nada à toa à toa te prende, um safanão e o ar das savanas de sua vida, o gostoso das margens do rio, chacais, gazelas, impalas de chifres de lira, macacos, leões, búfalos, crocodilos coalhadouros das águas, todos, todos a respeitá-lo. Foge, seu bobão, essa a parte do meu sonho que lhe dou reparto com você e... e..." Naquela noite, a minha noite se cobriu de estrelas, derramaram-se sobre mim, sobre o meu mundo, sobre as coisas, poucas, de eu menino.

Na manhã seguinte, ainda bem cedinho, a notícia já desassossegava a cidade. Corri para vê-lo. Tinha partido, estaria agora em meio à sua manada, suas gentes, a espojar-se nos banhados, a colher os raminhos mais altos, mais pertos do céu, nas copas dos mais altos arbustos. Aqui na ribanceira na qual o tinham acomodado, no fundo dela, restava a carcaça, rotunda, um rotundo rechonchudo verme de patas pateticamente para o ar. Somente.

Como ele, também eu desperto simpatias, comiseração disfarçada em esboços de solidariedade, sorrisos, encorajamentos. Mas encorajamentos para quê? Vivi uma vida que poderia ter sido. Somente. Impossível escamoteá-la. As mazelas, minha debilidade agora a desnudar-me, a não permitir que... Gosto de pensar que o elefante de minha infância, alta noite, com a tromba buscou a corrente que o imobilizava, em rasgo de heroicidade enrodilhou-a ao pescoço, assim se sufocou. Olhando para o céu, a encontrar nas estrelas sua consolação, a redenção, a derradeira final purgação para suas penas. Todas. Todinhas.

Solerte risinho eu dou. Pusilanimidade. Pusilânime, o que sou. Onde a heroicidade para igual a ele eu... que savanas percorrerei, onde minhas gentes, onde o viço, não mais este peso, o corpo não mais uma armadilha. Em Nínive, a cidade benfazeja, os príncipes banhavam-se com o precioso líquido recolhido dos úmidos cabelos das doze louras donzelas sacrificadas ao Deus, nos equinócios da primavera do terceiro decanato de Saturno. E mantinham-se remoçados por cem anos.

Salto na Francisco Torres, ao lado da Praça Getúlio Vargas. Meu compromisso é na Miguel de Frias, mas sempre entro na Álvares Azevedo. É nela que fica o Joia de Icaraí, o boteco para onde vou. Fazer hora, na ida ou na volta. Lugares melhores existem, na própria Miguel de Frias, mas distanciados do meu bico.

Mas ali ainda não me sinto à vontade. Inteiramente. Ah, a falta de familiaridade das coisas desconhecidas, nada a que me apegar, nenhuma reentrância, sequer sonhos, os compartilhados, ainda que impossíveis.

Fregueses: habitués, maioria coroas, aposentados, abonados. Bebida preferida: Itaipava, em garrafa. Há ainda os amansa-leão, o beberrão envergonhado. Escondidinho a um canto do balcão. Sorve, um só gole, rapidíssimo, o copinho até a borda de cachaça. Ou conhaque. Quinze, foi o que vi tomar certo velhote pequenino troncudinho certo dia, dez, dez e pouco da manhã.

Há também os avulsos: compram uma coisa ou outra; os vigias dos condomínios vizinhos, as empregadinhas. E os passantes. Acabam parando, acomodam-se nas mesas da rua, todas laterais à parede, não mais que seis ou sete. Nelas também prefiro sentar, evitar a indefectível televisão no salão, sempre na bendita Globo.

Dois são os balcões. Dois os sócios.

Os balcões: lado direito de quem entra. O outro bem de frente. Altos, desconfortáveis para quem neles é servido. No da direita, espaço minúsculo para o cafezinho. O resto tomado pela vitrine, salgadinhos, balas, jujubas, doces embalados variados. À frente, o das bebidas.

Os sócios: portugueses. Um pequenino, José Vasconcelos alourado, barrigudinho. Servil sem servilismos. Sorriso constante. Constante encobridor de altanerias. Cara lisa, óculos. Da segunda vez que lá estive, já adivinhava meus gostos, preferências. O outro é grandão, um corpo circundado por barriga falstaffiana, cara pequena, ralo o bigode, coxas de solteirona inconformada a saltar de bermudões estilo pirata deflorador fogosas indiazinhas. Numa das mãos, pano de prato enrolado, à guisa de açoite para moscas e bichinhos variados, o que lhe dá um ar de fero estribeiro levantino.

Quando chego, todas as mesas da calçada estão ocupadas. Procuro no salão. Quase todas também. Sento-me na encostada à parede lateral, à esquerda, bem debaixo da televisão. Já passa de meio-dia. Noticiário da Globo. Som altíssimo. Na mesa à minha frente, duas, uma ligada à outra, oito ou dez coroas esbravejam. José Vasconcelos leva pratos, talheres, serve um casal lá fora. O estribeiro atarefa-se com os do salão. Atende-me o copeiro, sujeitinho miúdo, bigodinho cretinamente aparado, mais de olho na gorjeta que no freguês. Traz-me a cerveja. Dirige-se depois a um casal quase ao meu lado: velhota com cara de sapo-boi; rapazola ar bobão fixo sorriso também bobão, boné branco, grandão, aba maior ainda caída para o lado esquerdo, estilo cocô caipira.

Tenciono ler um pouco, tomar uma, no máximo duas cervejas, logo ir-me. Tomo um copo, enfurno-me na leitura.

Os velhotes de repente alteiam as vozes, a televisão, a velhota cara de sapo faz o mesmo, o rapazola cocô, José Vasconcelos, o estribeiro, o do bigodinho balbúrdia berreiro, os fregueses da rua todos todos agora a se esgoelar berreiro berreiro insuportável berreiro.

Ergo-me num salto ganho a rua os meus sonhos em busca de meus sonhos. Caminho em direção ao mar. Lá estão as sereias, lá estarão Nínive e seus infindáveis caminhos. E Senaqueribe e o palácio sem rival. E suas torres e ameias e sentinelas de elmos argênteos. No silêncio das bibliotecas, encanecidos monges e ávidos alfarrabistas tocarão com descaído desvelo delicadas lombadas de edições antigas de mil anos. Nas avenidas e praças haverá doces melodias e nos dias de folguedo por lá se dançará o salterello e pelas madrugadas se entoarão cantigas de amor. Os mais atrevidos, tagarelas ou embriagados entoarão as de maldizer. Os espelhos, nos sótãos, à luz mortiça do alvorecer refletirão apenas as imagens que desejamos ver. Os animais se reunirão à beira das águas límpidas dos mananciais. No dorso do elefante à frente da manada estarei. E sentirei no rosto o borrifar das límpidas águas. O sol dourará minha face e meus cabelos e serei enfim feliz.

A FIANDEIRA OU VISÃO DO PARAÍSO

— Nunca teve namorado.
    — Certeza?
    — Absoluta.
    — Morreu como nasceu.
    — Virgem?
    — Absoluta.
    — Aos 72 anos?

Morava numa casinha no mais alto da ilha. Herança deixada pelo pai, pescador, único bem da família. Sala pequenina, dois quartinhos, minúscula cozinha, banheiro do lado de fora, ao relento. Um jardinzinho, begônias, avencas em vasos ao longo da parede.

— Morava sozinha?
— Ela e Deus.
— Ouvi dizer...
— O quê?
—As irmãs...

Eram duas. Ela a mais jovem. A do meio se casou muito novinha, foi morar na cidade grande, nunca deu notícia. A outra se amigou com um marinheiro, conheceu terras e mares, por mares e terras se findou.

— Vivia do quê?
— Costurava.
— Só?
— Tinha fama...
— Fama?
— Naquela e em outras ilhas.
— Mas...
— Sem ninguém, para que ambições?

Fez o catecismo na igrejinha da ilha, mal terminou o primário, desde cedo ajudava a mãe nos bordados, espraiava a alma nos rendilhados, não protegia o pai-de-todos com o dedal, ah, que prazer expô-lo vez por outra às alfinetadas; com a idade, a mãe já morta, a vista falhando, a dificuldade com as agulhas do crochê, do tricô, levaram-na ao continente, voltou com óculos de aros grossos, o mundo se aprumou, podia de

novo espantar os mosquitinhos de bunda ama-
rela das folhas de avenca, que gosto arredondar
os pontos miudinhos com as pontas dos dedos
a roçar levezinho no linho, no voal, nas dobras
das sedas trazidas por grandes navios que depois
bordejavam a ilha, perdiam-se mar adentro.

— Morreu de repente.
— Doença?
— Nenhuma.
— Sintomas?
— Deixou de varrer a casa. Quinze dias.

Os bilros, a máquina de costura, os alfi-
netes fincados nos acolchoadinhos cobriram-se
de maresia, a poeira fininha se entranhou no
guarda-louça, toldou a tampa do bule de café,
o fundo das três xícaras de porcelana, pouquíssimos ilhéus, em manhã de miúdo chuvisco,
acompanharam o enterro, nenhum se preocupou em entender a vida que ela fiara em secreta,
sagrada ignorância, pois, à sua maneira, idêntica
existência levavam, compartilhavam a mesma
secreta e sagrada ignorância, talvez como ela
também fossem felizes.